Ne sa qualcosa il perfido Dragomir, che un incantesimo ha confinato nelle fogne di Old Town con il suo maggiordomo Gravalax. Privato di quasi tutti i suoi poteri, cerca di recuperarli con l'aiuto di Jago, un ometto maligno che conosce tutti i segreti dell'elettronica ed è il padrone di Nevermore, un negozio di videogiochi.
È per combattere Dragomir che Milla Elven, una streghetta tutta riccioli e lentiggini, e Sugar Plum, la fata più dolce del quartiere, sono entrate nel Cerchio a soli dieci anni e hanno cominciato a prendere lezioni di magia per diventare esperte come le loro nonne Agatha ed Endora.
Intorno a loro, due famiglie decisamente strambe... Ma la Gente di Old Town è un po' troppa per presentartela tutta: comincia a leggere, e la scoprirai tu!

18
9
11
15
12
4
13
7
17
6
1

Old Town

1. Casa di Milla
2. Casa di Sugar
3. Scuola
4. Accademia delle Fate
5. Tombino 501
6. Nevermore
7. Erboristeria Antichi Segreti
8. Boutique La Regina Mab
9. Parco di Old Town
10. Pasticceria Soltanto Dolci
11. Mercato
12. Biblioteca
13. Casa di Chris
14. Giardino del Tè
15. Centro sportivo
16. Hotel Gardenia
17. Villa Pipistrello
18. Giardino degli Elfi

www.battelloavapore.it

Progetto editoriale: Marcella Drago
Progetto grafico: Laura Zuccotti

Direzione illustrazioni: Red Whale di Katja Centomo e Francesco Artibani
Supervisione illustratori: Alessandra Dottori
Character design: Federico Nardo
Progettazione colore: Giulia Basile
Disegni: Federico Nardo, Andrea Pucci, Roberta Tedeschi, Arianna Rea
Colore: Giulia Basile, Daniela Geremia, Anna Maria Cotogni,
Gianluca Oliveri, Vanessa Santato

I Edizione 2005

15033 Casale Monferrato (AL) - Via G. del Carretto, 10
www.edizpiemme.it - info@edizpiemme.it

Stampa: Mondadori Printing S.p.A. - Stabilimento AGT

Prunella Bat

Strega più fata

PIEMME
Junior

1
Una strega allo specchio...

Milla aprì un occhio. Uno solo, ma più che sufficiente per vedere una creatura nera come il buio più nero, che la guardava con immensi occhi giallo zolfo spalancati e fissi. Il naso schiacciato era vicinissimo al suo, la bocca sottile si apriva lentamente su lunghi canini aguzzi...

– Ti faccio notare che è ora di alzarsi. Vuoi arrivare UN'ALTRA VOLTA in ritardo a scuola? – disse la creatura, con forte accento inglese e un tono di estrema disapprovazione. Poi saltò giù dal letto di Milla e si diresse verso la porta.

Lei gli tirò dietro il cuscino

ma naturalmente non lo colpì, perché il grosso gatto nero stava già scendendo le scale.

«Gummitch sta diventando insopportabile» pensò Milla alzandosi e infilando i piedi nelle pantofole di peluche a forma di pipistrello rosa. «Come si permette? Io non arrivo MAI in ritardo da nessuna parte... Cioè, solo ogni tanto. E poi vorrei sapere da quando in qua tocca a lui svegliarmi!»

Guardò la sveglia sul comodino (un ranocchio di plastica verde con una coroncina dorata in testa): caspita, era davvero ora di muoversi! Perché quella sciocca rana non aveva gracidato il solito «Baciami!... Baciami!...» con cui ogni mattina la tirava fuori dal mondo dei sogni?

«Ma certo, ieri sera mi sono dimenticata di caricarla» pensò mentre attraversava il pianerottolo per andare in bagno. Il SUO bagno, grande come un francobollo, ma riservato soltanto a lei.

Aveva dovuto insistere per mesi prima che i suoi si decidessero a rimettere a nuovo la mansarda, ma adesso aveva finalmente una stanza tutta sua, con bagnetto personale, moquette gialla, una bacheca per la sua collezione di mollette e un abbaino proprio sopra il letto, perfetto per guardare le stelle o le gocce di pioggia che si spiaccicavano contro il vetro.

Una pacchia, visto che prima doveva dividere lo spazio con suo fratello Oliver, che non conosceva il significato della parola "lavarsi" ma che occupava perennemente il bagno con i suoi cosiddetti esperimenti. E non era per niente piacevole, appena alzati, scoprire che la vasca era piena di melma verde ribollente, o che il water ospitava un rospo gigante.

Milla si guardò allo specchio. Oltre alla lunga t-shirt taglia XL con la scritta WITCH FOREVER che le serviva da camicia da notte, vide i soliti capelli rossi super ricci che sparavano in tutte le direzioni, occhi nocciola, un naso a patata e un mare di lentiggini (una volta aveva provato a contarle e prima di stufarsi era arrivata a 180).

Uffa, quelle lentiggini! Non conosceva nessuno che ne avesse così tante: sulla faccia di sua madre e di Oliver, per esempio, ce n'era giusto una spruzzata. Chiuse gli occhi per un attimo, e quando li riaprì sul suo viso non c'era neppure una macchiolina.

Fantastico! Stava diventando sempre più brava a far sparire e ricomparire le cose, e anche nelle trasformazioni non se la cavava poi così male. I suoi poteri erano tutti qui… per ora. Con il tempo se ne sarebbero manifestati altri, anche se ancora non sapeva quali: succedeva a ogni strega. O quasi. Perché c'era anche chi doveva accontentarsi per tutta la vita di uno o due poteri secondari, come suo padre Martin, che aveva il dono di capire qualunque lingua, umana o non umana, e basta. Ma le streghe maschio, si sa, non sono mai state granché.

Chiuse gli occhi un'altra volta e le lentiggini tornarono al loro posto.

In famiglia le avevano spiegato

cento volte che non poteva cambiare il proprio aspetto così, di colpo, e senza escogitare una buona spiegazione.

Bisognava stare attenti a non insospettire gli Altri, sì, insomma, le persone che non conoscevano nemmeno l'ABC della magia e non possedevano alcun potere. E lei non aveva la minima intenzione di farsi scoprire solo per colpa di qualche lentiggine in più o in meno.

Perché Milla se lo sentiva ripetere da quando era alta così: «Nessuno deve sapere che sei una strega, che appartieni alla Gente. Hai capito? Nessuno».

– Millaaaa! Non sei ancora pronta? – gridò una voce dalle scale.

Accidenti, era davvero tardi!

A questo punto c'era solo una cosa da fare.

Schioccò le dita e in un microsecondo si ritrovò vestita da capo a piedi: jeans a vita bassa, una maglietta verde mela (il suo colore preferito) e calze blu... no, meglio rosa a righe verdi come la maglietta. Quanto ai capelli, beh, preferiva fare a meno della magia perché pettinarsi era TROPPO divertente,

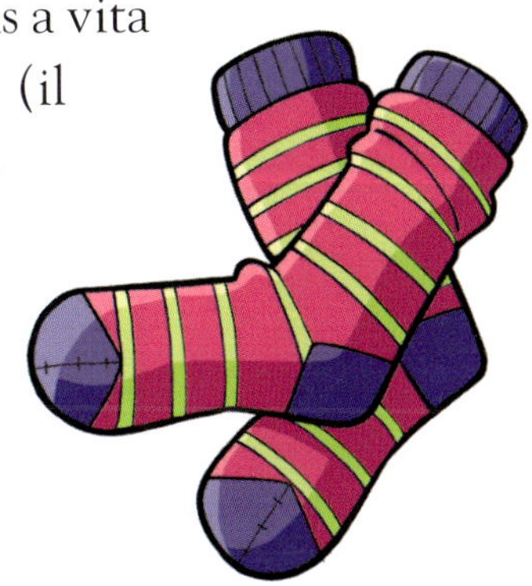

e poi ci voleva un attimo: mollette di plastica a forma di testa di gatto con gli occhi fosforescenti, per raccogliere due mega ciuffi rosso fuoco.

Tutto a posto? Ah, già, i libri. Un altro schiocco di dita, e Milla si precipitò di sotto con lo zaino in spalla, pronta a fare colazione al volo.

2

...e una fata nell'armadio

Sugar si svegliò disorientata, con la sensazione che ogni cosa intorno a lei fosse capovolta. Ma non era così, naturalmente. Nella stanza tutto era al suo posto: il letto con la sua morbida trapunta, la scrivania con la lampada di vetro pallido a forma di fiore, il castello di legno in cui dormiva la criceta Alberta, la piccola giungla di piante verdi, gli schizzi e i disegni attaccati con le puntine.

Eppure, ne era sicura, per un attimo aveva visto i mobili, gli oggetti e se stessa appesi al soffitto come stalattiti.

Scostò la trapunta e scese dal letto, scuotendo la testa. Aveva sognato, ecco tutto. Uno di quei sogni colorati e pieni di dettagli che è facile confondere con la realtà. Del resto, i suoi sogni erano spesso così, più veri del vero.

– Alberta, sei sveglia? – chiamò, infilando le pantofoline a punta rosse e viola (una creazione di sua madre Eglantina).

Silenzio.

– Alberta? – ripeté Sugar a voce più alta.

– Mmm... un'altva sveglia all'alba... – fu la risposta assonnata. – Ancova cinque minuti, ti pvego.

– D'accordo, cinque minuti. Ma quando esco dal bagno ti voglio trovare pronta, capito?

E Sugar sparì in corridoio.

Quando rientrò nella stanza, però, di Alberta non c'era traccia e dal castello veniva un lieve e signorile russare.

Sugar bussò sul tetto di legno, poi disse con voce severa: – Alberta, INSOMMA! – e aprì la porta della cabina armadio.

Mentre lei spariva là dentro, il portoncino del castello si spalancò e ne uscì una criceta dal pelo biondo platino tutto arruffato, con l'aria terribilmente seccata e una spazzola rosa stretta nella zampa.

– Una veva signova non si alza mai pvima delle dieci. E io sono una SIGNOVA, nel caso te lo fossi dimenticato – protestò Alberta, entrando nella cabina armadio piena zeppa di vestiti appesi in file ordinate e piazzandosi anche lei davanti al grande specchio nel quale la sua padrona si stava guardando.

Lunghi capelli neri e lisci, pelle color zucchero caramellato e grandi occhi azzurri a mandorla. Sì, Sugar era proprio soddisfatta del suo aspetto, e anche dei vestiti che aveva appena indossato: pantaloni lilla a fiori bianchi e maglietta a maniche lunghe.

Mancava qualcosa, però… Puntò un dito verso lo specchio:

una sottile cintura arancione con la fibbia a forma di fiore comparve dal nulla e le circondò la vita, allacciandosi da sola.

– Che ne dici? – chiese Sugar alla criceta, che si stava spazzolando energicamente il pelo.

– Novantasette, novantotto… Ah sì, molto cavina – rispose distrattamente Alberta, senza smettere di contare i colpi di spazzola. – Sai, non c'è niente come una bella spazzolata mattina e seva, pev manteneve lucida la pelliccia… Stai benissimo, tesovo, anche se tutti quei fiovi fanno un po' tvoppo fata, secondo me.

– Ma io SONO una fata, Alberta, per cui… – osservò Sugar, aggiustandosi i capelli.

– Già, lo sei ma nessuno lo deve sapeve, è la vegola. MAI attivave l'attenzione! – sospirò Alberta, posando la spazzola e aprendo un cassettino basso, da cui tirò fuori una sciarpa color corallo e un paio di occhiali da sole in tinta.

– Ah sì, eh? – ridacchiò Sugar uscendo dalla cabina armadio con la criceta alle calcagna. – E dei tuoi occhiali che mi dici?

– Tanto nessuno li vedvà – osservò Alberta con aria da vittima. – Immagino che mi tocchevà passave la mattina dentvo una tasca del tuo zaino...

– Proprio così. O preferisci andare a fare jogging con Endora? – chiese Sugar mettendosi la criceta sulla spalla e avviandosi verso la cucina.

– Non dive quella pavola, pev favove! – rabbrividì Alberta.

– Quale parola? Jogging?

– No! ENDOVA! – strillò la criceta. – Basta il nome di tua nonna pev favmi venive l'ovticavia!

3
Yogurt alle alghe...

Tra la mansarda e la cucina c'erano due rampe di scale, ma a Milla non dispiaceva per niente fare su e giù anche dieci volte al giorno: meglio vivere in un vecchio villino con un sacco di stanze e un giardino, piuttosto che in un condominio dove il portinaio ti manda via ogni volta che provi a giocare a pallone in cortile.

Milla adorava casa sua, a cominciare dalla cucina che occupava una buona parte del pianterreno e sapeva di biscotti, di caffè e di qualcosa che nessuno, tranne la Gente, avrebbe saputo riconoscere: il profumo delle pozioni e degli incantesimi di Agatha, la nonna di Milla.

Quella mattina, però, si sentiva anche un altro odore: yogurt al lievito di birra con alghe giapponesi tostate, ovvero l'ultima scoperta di Valery.

Insomma, una schifezza. Una TERRIFICANTE schifezza. La più schifosa delle schifezze mai apparse sulla tavola degli Elven.

– Mammaaa! Ancora!? – si lamentò Milla sedendosi davanti alla scodella piena di roba bianchiccia e tremolante da cui affioravano inquietanti striscioline nerastre. – Cos'è, una nuova puntata della serie *Ho mangiato un alieno*?

Valery fece un sorriso vago e le allungò un panino chiedendo: – Dicevi, cara?

Poco ma sicuro, stava già pensando al lavoro che l'aspettava: teneva una rubrica di consigli su una rivista femminile e prendeva il suo compito molto sul serio. Purtroppo prendeva sul serio anche le tragiche ricette di cibi "sani e nutrienti" pubblicate dal suo giornale...

– Quante storie, Milla – intervenne severamente suo padre. – Mangia e niente scherzi.

Il che significava: «Non azzardarti a trasformare lo yogurt in una cioccolata calda o te la vedi con me».

Con un muso lungo così, Milla prese il cucchiaio.

Quando suo padre usava quel tono non era il caso di disobbedirgli. Però lo yogurt non piaceva neanche a lui, si vedeva benissimo che lo mandava giù solo per far piacere a sua moglie.

– Bleah! – si lasciò scappare Milla dopo il primo cucchiaio. – Sa di uovo marcio condito con dentifricio e mosche morte.

– Potresti evitare queste nauseanti descrizioni mentre mangio, *please*?

La domanda veniva dal ripiano della credenza, sopra il quale Gummitch stava ripulendo un enorme piatto di uova fritte e pancetta, la sua colazione abituale. Una colazione all'inglese, naturalmente, perché il gatto era arrivato a casa Elven da uno sperduto e lontano villaggio

dello Yorkshire. Da allora erano passati moltissimi anni, ma Gummitch non aveva perso l'accento *british*.

– Già, Milla, sei disgustosa – intervenne Oliver, sollevando il naso dalla tazza. – E poi le uova marce non sono mica così cattive. Per esempio, in Cina le mangiano. Anzi, secondo i miei calcoli ne consumano 8.522.212 all'anno.

Il resto della famiglia lo guardò con aria allibita: anche se tutti sapevano che Oliver mangiava pane e numeri, era difficile abituarsi all'idea che un ragazzino di sette anni, decisamente più piccolo della media anche contando i sei centimetri di capelli rossi che gli stavano dritti sulla testa, fosse una specie di calcolatrice umana. Il suo unico potere magico (e cioè quello di ritrovare le cose perdute) sembrava roba da nulla, se paragonato a un *Quoziente di Intelligenza Quasi Cosmico*.

– Sai Martin, – disse Valery Elven osservando pensierosa suo figlio – a volte mi chiedo da chi abbia preso, questo bambino...

– Da me no di certo – sorrise suo marito, aggiustandosi gli occhiali sul naso. – Io faccio il bibliotecario, i numeri non sono mai stati la mia passione.

– E neanche la mia – intervenne subito Milla, che

con la matematica aveva sempre avuto dei problemi.

– Aehm... – dalla credenza arrivò un delicato colpo di tosse. – Posso avanzare l'ipotesi che il piccolo abbia preso da me? In effetti, non so se vi ho mai raccontato che in giovinezza mi sono laureato *summa cum laude* in matematica pura presso l'Università...

– Sì, Gummitch, ce l'hai già raccontato una ventina di volte, grazie – lo interruppe una voce energica.

Agatha Elven, vestita di tutto punto e con in testa un fantastico cappellino di velluto viola tempestato di bottoni, era apparsa sulla soglia della cucina. Dietro le lenti degli occhiali brillavano due acuti occhi grigi, e una grande borsa rigonfia le pendeva dal braccio.

Pochi sapevano che la vecchia signora era anche una

strega di Prima Classe nonché il capo della Gente di Old Town. Per gli Altri, infatti, la nonna di Milla e Oliver era semplicemente la gentile proprietaria di *Antichi Segreti*, l'erboristeria migliore della città.

– Avanti, bambini, prendete le giacche! – disse allegramente Agatha. – Che ne dite se vi accompagno a scuola?

Oliver e Milla si precipitarono nell'ingresso, dove giacche e sciarpe pendevano da un monumentale attaccapanni.

«Grazie, nonna!» pensò Milla, infilando il suo giubbotto color fucsia. Addio, yogurt extraterrestre alle alghe radioattive! Erano salvi, e c'era perfino la possibilità che lungo la strada ci scappasse una colazione decente.

4
...e tè al miele

Appena entrò in cucina, Sugar si accorse che nell'aria c'era qualcosa di insolito.

Sua madre e sua nonna, infatti, stavano bisbigliando tra loro con le teste accostate e, incredibile ma vero, Endora non era in tuta da ginnastica. Indossava, invece, una lunga gonna e una giacca in velluto turchese: un'eleganza davvero insolita per la vecchia signora Plum.

Come la videro entrare, Eglantina ed Endora si allontanarono bruscamente l'una dall'altra e le sorrisero, con quell'aria da Club dei Segreti che hanno gli adulti quando ne stanno combinando una delle loro.

– Volete un po' di tè col miele? – si affrettò a chiedere Eglantina. – E c'è anche la crostata di albicocche, ancora calda.

– Io vevamente sono a dieta STVETTA, ne pvendo giusto una fettina – rispose Alberta, lanciando un'occhiata avida al dolce. – E nel tè DUE cucchiaini di miele, pvego.

Sugar si sedette e mentre la criceta si sistemava sulla tovaglia, davanti a una tazza rovesciata che le serviva da tavolino, osservò sua madre con attenzione, cercando di capire cosa le stesse nascondendo.

Eglantina Plum era molto bella («Bella come una fata» dicevano gli Altri, senza sapere di averci azzeccato in pieno!): alta e sottile, con la pelle appena più scura di quella di sua figlia, occhi neri dal taglio orientale e capelli di un nero quasi blu. Parlava con un leggero accento esotico e nelle sue vene scorreva purissimo sangue fatato.

Stava versando il tè con pochi gesti aggraziati: prima la tazza di Sugar e poi quella di Alberta, un ditale di

porcellana bianca decorato con una vistosa A rosa.

– Grazie, mamma – disse Sugar aggiungendo un cucchiaino di miele al tè. – Vai in negozio oppure hai altri programmi?

Eglantina disegnava e cuciva abiti e accessori che poi vendeva nella sua boutique, *La Regina Mab*, con l'aiuto di una commessa amabile e paffuta, una fata di Terza Classe il cui potere era quello di far sentire bello chiunque le rivolgesse la parola. L'ideale, per un negozio di vestiti! E infatti ben pochi clienti se ne andavano a mani vuote.

– Credo che resterò a casa – sorrise Eglantina. – Devo finire di disegnare la nuova collezione. E poi avrei da… ahi! – si interruppe di colpo, sussultando leggermente.

«Endora deve averle dato un calcio per farla star zitta» pensò Sugar. «Chissà cosa stanno complottando, queste due.»

– E tu, nonna? Niente corse nel parco, oggi? – chiese, cercando di non avere un'aria troppo curiosa.

– Tvottave tva i cespugli alla sua età, tutta sudata e sbuffando come un cavallo! E in tuta vevde mela a PALLINI, pev di più. Vidicolo! Che esempio potvà mai dave a sua nipote? – borbottò Alberta, senza guardare Endora ma a voce abbastanza alta perché lei la sentisse.

– L'esempio di una che si tiene in forma – rispose immediatamente l'altra, piegando il braccio per mostrare il bicipite. – Abbastanza in forma da ridurti a un collettino di pelliccia con una sberla, inutile topo.

– Adesso basta, voi due – intervenne con fermezza Eglantina. – Niente discussioni a tavola.

Da quando Alberta, criceta irresistibile, era entrata nella vita dei Plum, tra lei ed Endora era stato odio a prima vista, e i loro battibecchi accompagnavano puntualmente tutti i pasti. Si mangiava in pace solo quando Endora era in viaggio, il che succedeva piuttosto spesso.

Del resto viaggiare era una malattia di famiglia, per i

Plum, tanto è vero che Jules, unico figlio di Endora e padre di Sugar, anni prima era scomparso durante l'esplorazione di una sperduta zona dell'Asia. E, nonostante la madre e la moglie le avessero tentate tutte per ritrovarlo, non si erano più avute sue notizie.

– Sai, Sugar, stavo giusto pensando di accompagnarti a scuola – disse a quel punto Endora, alzandosi da tavola. – Ti va?

La nipote la guardò stupita. A quanto ricordava, Endora l'aveva accompagnata a scuola sì e no tre volte in vita sua, e solo quando lei era piccola.

Comunque rispose entusiasta: – D'accordo, fantastico! – e andò a prendere giacca e zaino, non senza notare che sua madre e sua nonna si lanciavano uno sguardo d'intesa.

– Sì, c'è qualcosa che bolle in pentola – mormorò tra sé, infilando un giaccone dal morbido collo di maglia.

– Pev ova quella che bolle sono io. Di vabbia! – proclamò Alberta, offesissima per essere stata definita "topo", mentre si infilava in una tasca dello zainetto di Sugar.

– Spero che tu voglia portartela dietro solo per mangiarla a merenda quella... quella... CREATURA –

dichiarò seccata Endora mentre si abbottonava il cappotto e precedeva la nipote lungo la scala della vecchia casa.

Abitavano al quarto e ultimo piano, ma l'energica signora Plum non si sognava neppure di prendere l'ascensore.

– Dai, nonna, lo sai che sono vegetariana! – rise Sugar.

– Ma io no! – disse una voce dalla tasca dello zainetto. – E pvima o poi la spolpevò pev bene, quella vecchia gallina.

5
Ti sei trovata un fidanzato?

Fu solo quando uscirono da *Soltanto Dolci*, la pasticceria della signora Maeve dove si erano abbuffati di brioches con la crema, e si avviarono lungo la stretta via alberata della loro scuola, che Milla si rese conto di due cose.

Primo: la nonna portava un cappello da grandi occasioni. Agatha possedeva innumerevoli cappellini, che si adattavano non solo alla stagione o alle ore del giorno, ma anche al suo umore. Tutti, quindi, avevano un preciso significato, e questo voleva dire all'incirca: «Sta per succedere qualcosa di importante! Ma non chiedermi cosa, tanto ho la bocca cucita».

Secondo: Agatha li stava DAVVERO accompagnando a scuola, non si trattava solo di una scusa per salvarli da una colazione abominevole.

«Ma guarda» pensò Milla. «È un bel po' che a scuola ci andiamo da soli. E la nonna non ci ha mai accompagnato. Proprio mai.»

La guardò da sotto in su, e gli sfolgoranti occhi grigi di Agatha le restituirono lo sguardo. Poi la nonna le strizzò un occhio. Come sempre, aveva capito benissimo quel che le passava per la testa, e senza bisogno di magia.

– Sai, – le disse, aggiustandosi la sciarpetta di velluto – stamattina devo vedere qualcuno. Una persona speciale. Abbiamo appuntamento proprio vicino alla vostra scuola.

– Ti sei trovata un fidanzato? – intervenne Oliver con aria molto interessata, sgranando gli occhi.

Agatha scoppiò a ridere: – Non ti sembro un po' troppo vecchia per certe cose?

Oliver ci pensò su un momento. – Beh, sì, sei decisamente VECCHIA. Però, come dice Madame Natasha, l'amore non ha età.

– Da quando in qua leggi la rubrica di tua madre? – indagò la nonna.

Madame Natasha era il nome con cui Valery firmava la sua rubrica di consigli su *Lady Fashion*.

– Veramente è lei che me la legge, la sera prima di addormentarmi. È MOLTO meglio delle fiabe, si imparano un sacco di cose.

Ormai erano quasi arrivati al portone della scuola, dove il bidello Bogle sorvegliava i ragazzi che entravano. Alcuni erano alti quanto lui o lo superavano addirittura, perché Jimmy Bogle apparteneva alla grande famiglia dei folletti Lavastira, piccoli e tozzi. Ma per gli Altri (e soprattutto per il direttore della scuola, il signor Vail) era solo un ometto di bassa statura e con la testa troppo grossa, piuttoso brontolone e maniaco delle pulizie.

– Allora, bambini, io vi lascio qui – disse Agatha, guardandosi intorno come se si aspettasse di vedere qualcuno. – Il mio appuntamento è proprio dietro l'angolo.

E si voltò, incamminandosi svelta lungo il viale.

«Quanti misteri! Non ce l'avrà sul serio, un fidanzato?» pensò Milla. «Ma no, figuriamoci, non è mica una di quelle single disperate che scrivono a Madame Natasha.»

Poi le venne in mente che, se si fosse precipitata in

classe a tutta velocità, forse sarebbe riuscita a vedere Agatha dalla finestra e magari a scoprire con chi doveva incontrarsi.

Prese Oliver per mano, lo trascinò verso il portone e appena entrati lo abbandonò al suo destino (le classi dei più piccoli erano al pianterreno). Quindi corse su per le scale, facendo i gradini a tre a tre e zigzagando tra i compagni, finché arrivò alla sua classe.

– PISTAAA! – strillò, entrando come un ciclone e travolgendo Zoe e Amanda, due delle sue compagne più insopportabili che, come sempre, si erano piazzate davanti alla porta a macinare pettegolezzi.

Raggiunse la finestra e… eccolà lì, nonna Agatha, che baciava affettuosamente sulle guance un'altra vecchia signora con i capelli bianchi raccolti in una crocchia. Poi le due si presero a braccetto e si incamminarono insieme, chiacchierando fitto fitto.

– Ma quella è Endora Plum! – esclamò Milla a voce alta, quasi senza rendersene conto.

– Proprio così – esclamò una voce meravigliata quanto la sua. – Non sapevo che le nostre nonne fossero tanto amiche.

Milla si voltò. Vicino a lei c'era Sugar Plum, la ragazza più bella della scuola, che ansimava leggermente, come se avesse corso.

– A quanto pare siamo in due a essere curiose – osservò Milla con un sorriso.

– Diciamo puve in tve –. Un naso rosa spuntò dalla tasca dello zaino che Sugar si era tolta dalle spalle.

– Alberta! Lo sai che quando siamo a scuola non devi farti vedere! – la rimproverò Sugar.

– Infatti non mi sto facendo vedeve, ma sentive! –

protestò la criceta dal profondo della tasca. – Stai pavlando con la piccola Elven, se non sbaglio. Sento odove di stvega. Quindi non c'è pvoblema, siamo tva noi.

– D'accordo, ma adesso stai zitta, la classe si sta riempiendo e quell'odiosa di Zoe ci osserva come se volesse impararci a memoria.

– Va bene, va bene. Svegliami all'ova della mevenda.

E Alberta si appallottolò su se stessa, pronta a un lungo pisolino, mentre le due ragazzine si studiavano a vicenda, come se si vedessero per la prima volta.

6

Oh cielo cielissimo!

Nonostante fossero nella stessa classe da quasi cinque anni e sapessero di appartenere tutte e due alla Gente, Milla e Sugar non erano amiche.

Milla non aveva mai invitato Sugar a casa sua e viceversa, non si erano mai scambiate compiti, segreti e telefonate, e non era mai capitato che facessero un pezzo di strada insieme andando o tornando da scuola.

A dire il vero non si erano né simpatiche né antipatiche: si ignoravano cordialmente, ecco, come qualche volta succede tra compagni di scuola dai gusti e dai caratteri differenti. E in effetti erano molto diverse: Milla vivace e chiacchierona, sempre pronta a scatenarsi in cortile con il suo amico Chris; Sugar silenziosa e tranquilla, con un'aria un po' snob.

Le loro famiglie, inoltre, non si erano mai frequentate, ed era proprio questo a rendere così insolito l'appuntamento di Agatha ed Endora, che per di più si erano salutate come due vecchie amiche.

– Chi è Alberta? – si decise a chiedere Milla, tanto per rompere il silenzio.

– La mia criceta – sorrise Sugar. – Ogni tanto me la porto a scuola. Ha un caratterino!

– Anche Gummitch, il mio gatto, è uno da prendere con le molle. Stravede solo per mio fratello. E per la nonna.

– A proposito di nonne… tu lo sapevi che le nostre si conoscessero così bene?

– Assolutamente no – rispose Milla. – Certo che è strano: all'improvviso la nonna ci accompagna a scuola, una cosa che non fa MAI, e ci annuncia di avere un appuntamento misterioso…

– Sai che anche la mia si è comportata nello stesso modo? E…

– Oh cielo, bambini, che chiasso! Ognuno al suo posto, su!

La maestra Ellebora era appena entrata in classe. Portava uno dei suoi romantici vestitini a fiori, con cintura e scarpe in tinta, e i soliti occhiali rosa. Tutti si affrettarono verso i banchi, comprese Milla e Sugar.

«Magari durante l'intervallo avremo il tempo di parlare delle nostre nonnette e dei loro segreti» pensò Milla, tirando fuori l'astuccio. Poi si voltò per salutare Chris e si accorse che la stava guardando con aria interrogativa, forse perché l'aveva vista chiacchierare con Sugar. Di solito era con LUI che si fermava a parlare, appena arrivata in classe.

Sugar si accorse di quello scambio di sguardi e arricciò il naso, pensando: «Come farà Milla a essere tanto amica di quel tipo che parla solo di calcio?».

– Attenzione! – disse la voce giuliva di Ellebora Jones. – Dobbiamo fare l'appello! Vediamo, dov'è il mio registro?

E cominciò a cercare prima nei cassetti della cattedra, poi dentro l'armadio, quindi nella sua borsa mormorando: – Oh cielo, ma dove l'ho messo? Oh cielo CIELISSIMO!

– L'ha perso di nuovo – sussurrò malignamente Zoe alla sua socia Amanda. – È la terza volta, questa settimana.

Già si cominciavano a sentire un bel po' di risolini qua e là, anche se gli alunni della quinta B erano abituati alla distrazione e agli «Oh cielo!» di Ellebora. In fondo era meglio una maestra così che un tipo come la Driller della quinta A, una specie di lucertolona coi baffi che terrorizzava la sua classe.

Adesso Ellebora stava frugando affannosamente nel cestino della carta straccia, squittendo per l'ansia, tanto che Sugar, impietosita, decise di intervenire. In fin dei conti la sua maestra era una fata, anche se di Ultima Categoria (non sapeva fare nemmeno un semplice incantesimo per ritrovare gli oggetti smarriti), e tra fate bisogna darsi una mano. L'indice di Sugar si alzò di qualche centimetro, sotto il banco... Ma anche Milla aveva avuto la stessa idea e, infilata una mano in tasca, stava schioccando le dita. Fu così che un doppio incantesimo incrociato fece volare giù qualcosa dall'armadio, con uno sbuffo luminoso del quale nessuno si accorse, perché tutti gli occhi erano fissi sulla povera Ellebora.

– Eccolo qui! – strillò la maestra, precipitandosi a raccogliere il registro e stringendoselo al cuore. – Ma CHE COSA ci faceva lì sopra? – disse lanciando un'occhiata di gratitudine a Milla e a Sugar. Non sapeva quale delle due fosse stata, ma l'odore di magia era nell'aria,

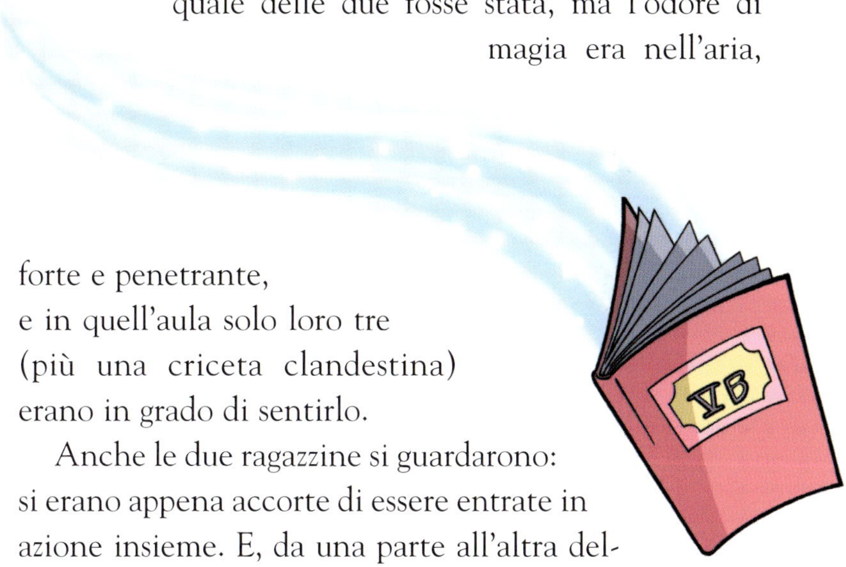

forte e penetrante, e in quell'aula solo loro tre (più una criceta clandestina) erano in grado di sentirlo.

Anche le due ragazzine si guardarono: si erano appena accorte di essere entrate in azione insieme. E, da una parte all'altra dell'aula, si scambiarono un sorriso complice.

7

Nonna Grande, Nonna Piccola e Nonna Tremenda

Nel retrobottega dell'erboristeria *Antichi Segreti*, Endora e Agatha stavano prendendo il tè. E lo facevano sedute a due metri da terra, con la teiera, le tazze e i piatti che galleggiavano davanti a loro. Del resto non c'era altro modo per mettersi comode, visto che la stanza era occupata per metà da un bancone da lavoro, e per l'altra metà da sacchi e sacchetti di erbe.

– Immagino che le nostre nipoti stiano morendo di curiosità – disse Agatha, prendendo un tramezzino al cetriolo da un piatto che roteava leggermente nell'aria.

– Darci appuntamento sotto il loro naso è stata una buona idea – rispose Endora, facendo segno alla teiera di versare altro tè.

– Le hai viste, appiccicate alla finestra della classe?

Era ora che si decidessero a scambiare quattro parole!

– Già. Che lo vogliano o no, è arrivato il momento di diventare amiche.

– Anche se sono nella stessa classe, si può dire che fino a oggi si siano ignorate! – osservò Agatha. – Ma c'era da aspettarselo, sono una l'opposto dell'altra. Forse avremmo dovuto fare qualcosa di più per avvicinarle...

– Non sarebbe servito a nulla – ribatté Endora. – E poi anche noi due non ci stavamo così simpatiche, da bambine. Ti ricordi, Agatha? Finché non siamo state scelte non ci potevamo soffrire!

Agatha ed Endora scoppiarono a ridere, spaventando la teiera che si lasciò scappare qualche goccia di tè dal beccuccio.

– Bene, ora che abbiamo stuzzicato la loro curiosità dobbiamo trovare un modo per...

Agatha fu interrotta da un sonoro *DRIIIN*: il campanello annunciava che era entrato un cliente.

Un momento dopo, una testa bionda si affacciò nel retrobottega.

– C'è la signora Elven... l'ALTRA signora Elven – disse April, la commessa, un'elfa che nascondeva le sue minuscole ali sotto una camicia a fiori.

– Valery? – esclamò Agatha Elven. – Come mai? Di solito a quest'ora è tutta presa dalla sua rubrica. Falla passare, April.

– Scusami, Agatha – disse Valery, entrando affannata. – Elvina mi ha tormentata finché non l'ho portata qui – e mostrò un cesto coperto da un panno.

Con un gesto della mano Agatha sollevò il panno e disse: – MAMMA! Ma come ti è saltato in mente?

Le rispose una voce sottile ma arzilla: – Oh, avevo voglia di fare quattro chiacchiere. E siccome non ho più i poteri di una volta, mi tocca spostarmi con i metodi tradizionali.

Poi una donnina incredibilmente piccola e rugosa fluttuò nell'aria e si accomodò su un barattolo. Endora la guardò sbalordita e riuscì appena a dire: – Buongiorno, Elvina. Come stai?

– Benissimo – fu la risposta. – E non fissarmi così, o ti cadranno gli occhi nella tazza!

– Io vado – intervenne Valery. – Ci pensi tu a riportare Elvina a casa?

Agatha annuì, e l'*altra* signora Elven infilò la porta con un sospiro di sollievo.

– Bene, eccoci qua – disse Elvina soddisfatta. – Nonna Piccola, Nonna Grande e Nonna Tremenda.

– Co… come sarebbe? – chiese Endora. Anche se sapeva che con l'età Elvina era rimpicciolita e aveva perso molti dei suoi poteri, non si aspettava che ormai fosse alta trenta centimetri.

– Secondo Oliver, Nonna Piccola sono io e Nonna

Grande è Agatha. E Nonna Tremenda sei tu, ovviamente.

– Sì, è vero – rise Endora. – È il soprannome che mi ha dato Sugar a cinque anni.

Elvina Elven la guardò con impazienza. – E adesso parliamo di cose serie: come mai avete improvvisamente deciso di celebrare la Festa della Scelta di Milla e Sugar? Hanno appena compiuto dieci anni, e non si viene scelte mai prima dei tredici.

– Lo sappiamo che è presto, mamma, – disse Agatha – ma oggi si cresce in fretta.

– E poi LUI si è svegliato prima del previsto, eh? – osservò Elvina in tono inquisitorio.

– Molto prima – disse gravemente Agatha – e il Cerchio ha un gran bisogno di nuove energie per combatterlo. Anche se in buona parte devono ancora manifestarsi, i poteri di Milla e Sugar sono eccezionali e si completano a vicenda. Perciò è meglio che la loro istruzione cominci subito, così saranno pronte ad affrontarlo, nel caso LUI recuperasse la forza di un tempo...

Endora disse preoccupata: – Per ora possiede solo l'ombra del suo vecchio potere, ma pensate a quello che succederebbe se...

– Basta con i se! – disse severamente Elvina. – A che punto siete con i preparativi?

– Siamo a buon punto – rispose Endora. – Eglantina sta finendo gli abiti...

– E Milla e Sugar lo sanno?

– Beh... non ancora – ammise Agatha. – Stavamo giusto pensando a come dirglielo...

Elvina strillò: – E CHE COSA state aspettando? Fate sempre tutto all'ultimo momento, voi giovani. Dovete agire oggi, e niente storie!

Per un istante, anche se era alta quanto una bambola, Elvina Elven sembrò quella di un tempo: la strega più temuta di Old Town.

8

Nevermore

– Sai che ti dico? Sugar non è male. Ho sempre pensato che si desse un sacco di arie, invece è simpatica. Finché non ci parli un po', con le persone, non sai come sono DAVVERO. Non ti pare?

Stavano tornando a casa da scuola e Milla chiacchierava ininterrottamente, tenendo d'occhio Oliver che la

precedeva di qualche passo. Chris camminava accanto a lei, ma senza dire una parola. Ed era un fatto strano.

Lui e Milla erano sempre stati amici per la pelle, tanto da infischiarsene se a scuola li prendevano in giro dicendo che erano fidanzati. Figuriamoci se loro due avevano tempo da perdere in stupidaggini amorose. Erano troppo impegnati a giocare a pallone, a sfidarsi

alla playstation, ad andare al cinema e a fare un sacco di altre cose... Ma oggi l'attenzione di Milla era stata tutta per Sugar. Così Chris era rimasto in disparte a friggere, mentre lei parlava fitto fitto con quella smorfiosa.

Milla gli lanciò un'occhiata: aveva messo su un muso colossale. Possibile che fosse geloso? Beh, anche lei se la sarebbe presa, se il suo migliore amico non l'avesse degnata di uno sguardo per tutta la mattina. Accidenti, come poteva rimediare?

– Ti va di andare da *Nevermore* a vedere se c'è qualcosa di nuovo? – propose a un tratto.

Chris passava più tempo dentro quel negozio che a casa, anche perché Mister Jago permetteva ai ragazzi di provare i nuovi videogiochi per tutto il tempo che volevano. Lei, invece, evitava di andarci: Jago la metteva profondamente a disagio. Sapeva che l'ometto non apparteneva alla Gente, eppure le era sempre sembrato che attorno a lui volteggiasse qualche scintilla di magia. Non di quella buona, però.

Chris la guardò sorpreso: – Sul serio? Ma se non ci vuoi mai venire.

«Finalmente sono riuscita a fargli aprire bocca» pensò Milla soddisfatta.

– Beh, oggi mi va, invece. Ma solo per dieci minuti, non posso fare tardi.

Prese per mano Oliver e tutti e tre si infilarono in una stretta stradina. Ed ecco la sfolgorante insegna rossa di *Nevermore*, sopra una porta dalla quale provenivano gli *ZAP*, *ZOOM*, *BEEP*, *BUUUM* dei videogiochi in funzione.

All'interno il negozio era in penombra, a parte i lampi colorati dei video accesi. «Che razza di posto» pensò Milla, già un po' pentita.

– Ehi, guarda quello lì! – strillò Oliver, piazzandosi davanti a uno schermo su cui saltellava un allegro millepiedi. – Posso fare una partita, eh, Milla? Posso?

Lei stava già per rispondere di no, quando sentì una specie di squittìo: – Ma CEEERTO che puoi, certo certo certo! –. Mister Jago uscì dall'ombra fregandosi le mani, e Oliver si appiccicò subito alla consolle.

Milla rabbrividì (caspita, quel tizio sembrava proprio un ratto gigantesco), eppure sorrise e disse: – Grazie, non possiamo fermarci. Siamo passati solo così, per vedere…

– Sì, volevamo sapere se è arrivato qualche gioco nuovo… – disse Chris, guardandosi intorno.

– Oh sì, sì sì! Ne ho uno davvero SPECIALE, e devo dire che ne sono molto orgoglioso, perché si tratta di una mia creazione. Eccolo qua – disse Jago, indicando un monitor. – Guardate che meraviglia.

Premette un pulsante e sul video apparve una scritta di fanghiglia gocciolante: IL SIGNORE DELLE FOGNE. Poi la scritta svanì e lasciò il posto a un tombino chiuso da una piastra metallica con inciso un numero: 501. La piastra si spostò stridendo paurosamente e apparve una lunga galleria illuminata da un bagliore viola e percorsa da un fiume di acqua nera.

– MOLTO realistico, eh? – disse Jago soddisfatto mentre il suo naso a punta fiutava rumorosamente l'aria. – Sembra quasi di sentire il pro… aehm, la PUZZA delle fogne.

I due ragazzi guardavano lo schermo come ipnotizzati, quindi nessuno dei due si accorse del rapido gesto di Jago: fermo alle loro spalle, aveva lasciato cadere sullo zainetto di Milla qualcosa di piccolo e nero, che si infilò rapidissimo in una tasca.

Fu a quel punto che lei si riscosse bruscamente, guardò l'orologio e si voltò a chiamare il fratello. – Muoviti, Oliver, dobbiamo andare.

– Così presto? – squittì Jago. – Lasciagli almeno finire la partita, no?

– Veramente l'ho già finita. In sette minuti e mezzo ho disintegrato il Re delle Formiche Radioattive, sono arrivato all'ultimo livello e ho fatto un milione di punti – annunciò Oliver, emergendo dal buio.

– Sul serio? Ma guarda che bravo che bravo che bravo! – sorrise Mister Jago, mostrando dei dentini appuntiti. – Tornate presto a trovarmi, eh?

Rimase sulla porta a guardarli ridacchiando, mentre i ragazzi si allontanavano. Intanto pensava: «Corri a casa, piccola Elven! Scommetto che neppure la cara Agatha, nonostante i suoi poteri, riuscirà a scoprire quel minuscolo amico che si è infilato nel tuo zaino. Oh no, no no!».

9
Scarpette rosa

Nel frattempo, nello spogliatoio dell'*Accademia delle Fate*, Sugar si infilava il body rosa e la calzamaglia ripensando alla chiacchierata di quella mattina con Milla Elven. Si erano raccontate di tutto: delle due nonne, poi delle loro famiglie (animali inclusi) e di se stesse…

Sugar non era abituata a confidarsi con una ragazza della sua età, perché non aveva amiche. Forse dipendeva dal fatto che era troppo carina, troppo ben vestita, troppo brava a scuola, troppo silenziosa, al punto da sembrare snob. Così c'era chi la ammirava da lontano, chi la invidiava, chi la trovava antipatica e chi la odiava addirittura, come Zoe e Amanda (se avessero saputo che i vestiti di Sugar non costavano niente, in confronto ai loro stracci firmati… chissà che rabbia!).

«Certo che io e Milla non potremmo essere più

diverse» rifletté, allacciandosi il tutù. «Lei fa amicizia con tutti, ride sempre, non si preoccupa dei brutti voti e porta certe magliette assurde, piene di scritte...»

Mise le scarpette di raso rosa e concluse: «È proprio simpatica. E poi quel doppio incantesimo di oggi è stato divertente, anche se forse non avremmo dovuto fare una cosa del genere in classe».

Alzando gli occhi, si rese conto che lo spogliatoio era vuoto, così si affrettò a raccogliere i capelli sulla nuca (niente forcine, solo magia!) e si precipitò nella grande sala dal pavimento di legno.

– BENE, signorina Sugar! Da quando in qua si arriva in ritardo? – la accolse Madame Oleander. – Proprio tu, che di solito sei un esempio per tutti!

Sugar arrossì e le venne voglia di gridare «Insomma basta, sono stufa di fare la Ragazza Perfetta!», ma non disse nulla e scivolò al suo posto.

– Coraggio, signorine, PRIMA POSIZIONE! – annunciò Madame Oleander battendo le mani, e la lezione incominciò.

Essere ammesse all'*Accademia delle Fate* non era facile: bisognava superare un test e, guarda caso, le allieve appartenevano quasi tutte alla Gente. La classe di

Sugar, per esempio, era composta esclusivamente di fate.

Anche Oleander era una fata, e piuttosto potente, per di più. Un tempo era stata una famosa ballerina classica e adesso era un'insegnante bravissima. Alta, con i capelli rosso arancio, un chilo di rossetto viola, comandava a bacchetta le sue piccole allieve.

Sugar era senz'altro la sua preferita, ma oggi, notò Oleander, c'era qualcosa che non andava: sembrava distratta, sbagliava i passi... In un altro momento l'insegnante avrebbe fatto fuoco e fiamme, ma stavolta era disposta a fare un'eccezione.

Alla fine della lezione, perciò, disse imperiosamente: – Andate pure, signorine. E TU, Sugar, vieni nel mio studio. Ti devo parlare.

Con il cuore che batteva forte, lei la seguì nello studio pieno di fotografie con dedica e cuscini di velluto. Aveva pensato ai fatti suoi per tutta la lezione (poteva invitare Milla a studiare da lei? Stasera le avrebbe telefonato, magari... e se avesse detto di no?), ed ecco il risultato!

Ma la aspettava una sorpresa. Invece di sgridarla, Madame Oleander la invitò a sedersi e fece perfino apparire due gallette e un bicchiere d'acqua, un tipico spuntino da ballerina.

– No, grazie, non ho fame – sussurrò Sugar, che a dire proprio tutta la verità, sognava una fetta di crostata.

– Capisco, hai lo stomaco chiuso. Ma stai tranquilla, vedrai che andrà tutto benissimo. Ci sono passata anch'io e so cosa si prova alla vigilia della Scelta. Oleander si portò teatralmente la mano al cuore, poi disse: – Ero così emozionata!

– La... la Scelta? – balbettò Sugar, incerta. – Come sarebbe?

– Oh, non preoccuparti, so tutto. E come potrei non sapere, visto che la Festa si terrà qui, come sempre? Tu e Milla farete un figurone, non preoccuparti. Certo, siete molto giovani, ma sono sicura che noi del Cerchio abbiamo preso la decisione giusta.

– Sì, già... – annuì Sugar. Oleander era diventata matta? Di che cosa stava parlando?

– Insomma, capisco che tu sia in ansia e per questa volta sono disposta a perdonare la tua PENOSA esibizione – concluse l'insegnante, tornando severa. – Ma sappi che al prossimo esercizio sbagliato ti trasformo in papera! È chiaro? E adesso vai a cambiarti.

– Sì, Madame Oleander – mormorò Sugar, e filò verso lo spogliatoio con le guance in fiamme e la testa piena di domande. La Festa, la Scelta, il Cerchio… Accidenti, ma che cosa stava succedendo?

Di qualunque cosa si trattasse, era evidente che riguardava lei e Milla. Doveva raccontarle tutto, e in fretta!

10
Vediamoci nel parco

Distesa a pancia in giù sul letto, Milla lanciò un'occhiata al libro che aveva davanti: niente da fare, non riusciva proprio a concentrarsi. Colpa di Mister Jago e del suo malefico videogioco "speciale", che le aveva lasciato addosso una strana inquietudine.

Lungo la strada aveva fatto il lavaggio del cervello a Oliver, raccomandandogli cento volte di non dire niente sulla loro visita a *Nevermore*: i loro genitori non volevano che ci mettessero piede, e non era il caso di far saltare fuori che avevano disobbedito. Comunque lei voleva solo fare pace con Chris, altrimenti non si sarebbe mai sognata di…

– Millaaaa! TELEFONOOO! – sentì gridare dal piano di sotto.

La ragazza si precipitò giù a tutta velocità, scivolando, com'era sua abitudine, lungo il corrimano di legno.

I suoi non erano precisamente tipi da telefono-e-tv-in-ogni-stanza, anzi: l'unico televisore della casa si trovava in cucina e di solito Gummitch ci dormiva sopra, lasciando pendere la coda sul video.

Quanto al telefono, c'erano solo un apparecchio nell'ingresso e un altro nello studio. Milla però sognava di averne uno personale a forma di coniglio blu.

Sua madre l'accolse dicendo: – Chissà se per una cena elegante si usano ancora le coppette lavadita... Oh, beh, andrò a chiederlo a Elvina, forse lei lo sa –. E si diresse verso il salotto, dove, sistemata su un tavolino, c'era la casa delle bambole in cui abitava la bisnonna insieme alla gnoma che le faceva da governante.

«Un'altra domanda di quelle svitate delle sue lettrici» pensò Milla afferrando il ricevitore, sicura che fosse Chris.

– Pronto?

– Pronto, Milla, sei tu? – esordì una voce titubante. – Sono Sugar.

– Sugar! Non sapevo che avessi il mio numero!

– Infatti non ce l'avevo, ho dovuto cercarlo sull'elenco. Devo dirti una cosa… Non potremmo vederci un momento? Ti chiamo da un telefono pubblico, sono in un caffè e qui c'è un sacco di rumore…

– Beh, veramente… Tra un po' è buio, e non so se posso uscire. Perché non mi richiami da casa tua, più tardi?

– Per favore, Milla, è IMPORTANTE. E non mi

va di chiamarti da casa, mia nonna o mia madre potrebbero sentirci.

– D'accordo – decise Milla, incuriosita. Dimmi dove sei e ti raggiungo subito.

– Sono al *Gambrinus*, il caffè del parco. Sai, stavo tornando dall'*Accademia delle Fate* e...

– Benissimo, ci vediamo tra cinque minuti.

Milla riattaccò e corse nell'ingresso a prendere il giubbotto e l'inseparabile zaino. Suo padre e sua nonna erano fuori, quanto a sua madre...

– Mammaaa! Esco un attimo! – gridò.

Nessuna risposta. Bene, lei aveva la coscienza a posto. Non era mica colpa sua se Valery era così interessata alle coppette lavadita (qualunque cosa fossero) da non rendersi conto di quello che le succedeva intorno. Doveva solo fare attenzione a tornare a casa entro le sette, prima di Agatha e Martin, e tutto sarebbe filato liscio.

Si chiuse la porta alle spalle e si incamminò svelta

verso il vecchio parco: alberi enormi, prati, aiuole e un laghetto abitato da cigni e anatre, sul quale si poteva addirittura andare in barca. Lei e Chris ci passavano un sacco di tempo, durante la bella stagione.

«Sugar frequenta l'Accademia e ovviamente sarà bravissima» pensò Milla. Lei invece non aveva voluto andarci, anche se Agatha insisteva per iscriverla. Non le passava nemmeno per la testa di ballare sulle punte indossando un ridicolo tutù: roba da fata, ecco. Mentre a lei, che era una strega, piaceva il RITMO!

Eccola lì, Sugar, che la aspettava all'angolo del *Gambrinus* con le mani nelle tasche del giaccone e lo zaino in spalla. Sembrava un po' preoccupata, ma rispose con entusiasmo al suo ciao.

– Eccomi qua – disse Milla. – Allora, cos'hai di tanto importante da dirmi?

– Troviamoci una panchina e ti racconto tutto! – rispose Sugar. – Anch'io non ho molto tempo, a quest'ora dovrei già essere a casa.

Imboccarono un vialetto che andava verso il centro del parco, così prese dai loro discorsi da non accorgersi che i lampioni si erano appena accesi e che un'ombra nera le seguiva, rapida e silenziosa come una nuvola.

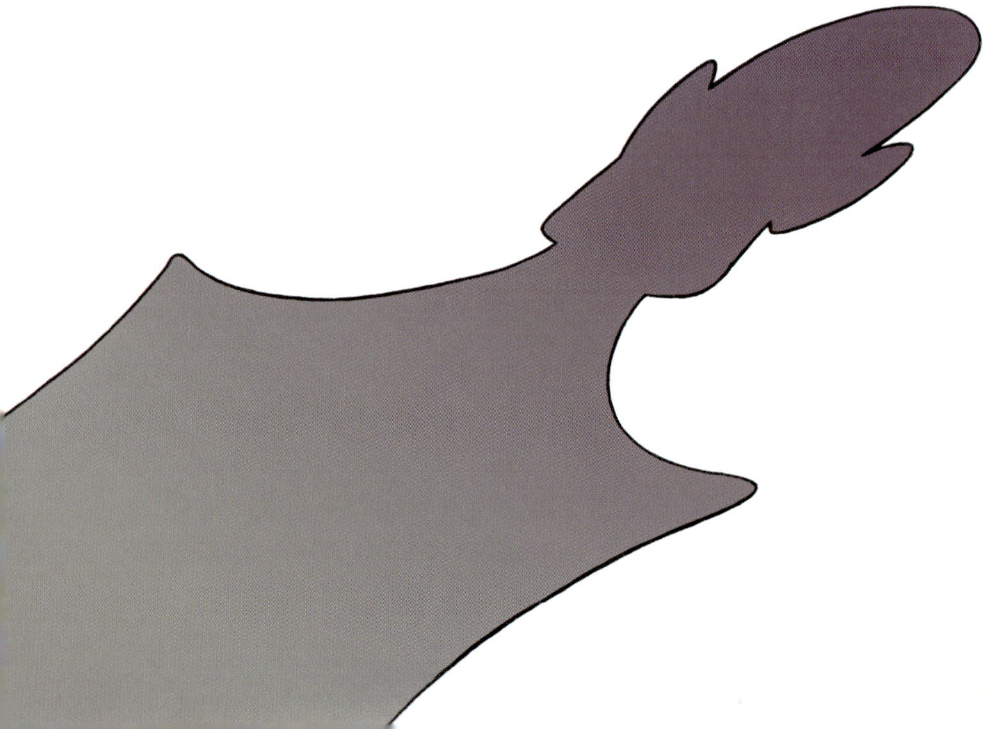

11

Lui

Mister Jago era molto soddisfatto: oggi Milla Elven era entrata per la prima volta nel suo negozio, e lui era stato così in gamba da infilarle uno dei suoi piccoli amici nello zainetto.

Fece cenno al suo aiutante di badare ai clienti e andò nel piccolo ufficio sul retro. Entrando, aspirò l'odore del suo rifugio: un misto di calzini sporchi, muffa e formaggio Puzzone, di cui teneva sempre una bella scorta. Attrezzi e componenti elettronici erano sparsi dappertutto, e i monitor coprivano un'intera parete.

Jago si piazzò al suo tavolo, davanti a una consolle piena di pulsanti. Ne premette uno e subito si sentì una serie di *BZZZ ZZZ TRIIICK*, seguiti da una voce chiara. A quanto pareva, il suo emissario era in piena attività.

«Certo che è strano» stava dicendo Milla Elven. «Madame Oleander ha proprio detto che io e te faremo un figurone?»

«Sì, e che il Cerchio ha preso la decisione giusta. Sai, Milla, continuava a parlare di una Festa, e diceva che

essere scelta è una grande emozione… non ci ho capito proprio nulla» disse un'altra voce.

Jago fece un salto. *Festa? Scelta? Cerchio?* Caspita, aveva per le mani qualcosa di GROSSO!

Milla riprese: «Sugar, secondo te quello strano incontro tra le nostre nonne c'entra qualcosa con questa storia?». L'ometto fece un altro salto.

SUGAR! La nipote di Endora Plum! Come sempre quando era nervoso, Jago infilò la mano nel cassetto e afferrò un pezzo di formaggio. Mentre masticava freneticamente, il micidiale aroma del Puzzone riempì la stanza.

«Credo proprio di sì» disse Sugar. «Anzi, sai cosa? Dovremmo chiedere a loro, di spiegarci come stanno le cose.»

«E tu credi che ce lo direbbero? Ma figurati! Lo sai come sono i grandi…»

«Se è una cosa che riguarda noi due, DEVONO dircelo» insisté Sugar, convinta.

– Beh, io potrei spiegarvi tutto. Perché non venite a trovarmi? – sghignazzò Jago a bocca piena. – Intanto vediamo dove siete. Dove, dove, dove?

Premette freneticamente un secondo pulsante e su

un monitor apparve una mappa di Old Town. Nella zona del parco c'era un punto luminoso che si spostava verso il laghetto.

– Non posso crederci! – gridò Jago. – Sono a un passo da LUI! Devo avvertirlo SUBITO!

Premette freneticamente un terzo pulsante e il monitor più grande si accese di un bagliore verdognolo mostrando un umido stanzone dal soffitto a volta, pieno di mobili ormai malconci che un tempo dovevano essere stati lussuosi. Al centro c'era un trono dorato dalla cui tappezzeria uscivano ciuffi d'imbottitura, e pesanti tende nere chiudevano una rientranza nella parete.

Una faccia color burro apparve in primo piano: occhi rotondi e senza ciglia, bocca a fessura, naso a becco, cranio nudo e liscio.

– Cosssa c'è, Jago? – disse una voce sussurrante. – Lo sssai che a quessst'ora LUI non vuole esssere disssturbato.

– Sì, lo so, Gravalax, ma devi assolutamente svegliarlo, ci sono grandi notizie – si agitò Jago. – GRANDISSIME notizie. È una cosa importante, riguarda Agatha ed Endora.

Gravalax, talmente lungo e sottile da sembrare un lombrico con gambe e braccia, si voltò, mostrando il retro di una giacca da maggiordono tutta rattoppata.

Si avvicinò alle tende e chiamò con voce timorosa: – Vossstra Grazia?

Nessuna risposta. L'uomo-lombrico ripeté, un po' più forte: – VOSSSTRA GRAZIA?

Da dietro le tende arrivò una specie di sordo ruggito: – Aaaargh! Come osi disturbarmi, vomitevole verme?

Gravalax inghiottì rumorosamente e, tremando da capo a piedi, aggiunse: – Jago vi vorrebbe parlare... ci sssono notizie fresssche sssu Agatha ed Endora.

Le tende si aprirono di colpo, rivelando un'alta e robusta figura coperta da un pigiama di seta lilla alquanto rammendato. Il ruggito salì di tono: – La mia vestaglia!

L'esile maggiordomo si affrettò a porgergli una vecchia vestaglia di velluto. Dopo averla infilata, LUI marciò verso il monitor da cui Jago lo guardava.

Poi disse: – Allora, topastro. Che vuoi?

E i suoi occhi rossi brillarono nel pallido chiarore della stanza.

Jago lo contemplò con adorazione: oh, quel pallore cadaverico, quegli occhi color brace…

– ALLORA! – ruggì una voce spazientita.

– LORO sono vicine, Vostra Grazia, e sono da sole! Le nipoti di Agatha ed Endora! Per di più, ho sentito che il Cerchio le ha scelte! Sì, sì, sì, è la vostra occasione!

– Dove sono, esattamente?

L'ometto gettò uno sguardo al segnale luminoso sul monitor. – Vicino alla Quercia Grande. Ma posso fare in modo che si avvicinino di più!

– BENE. Intanto io penserò a un bel modo di accoglierle…

Jago rise, pigiando un bottone dopo l'altro.

12
Il tombino 501

Senza rendersene conto, Milla e Sugar si erano inoltrate nel parco e ora sedevano su una panchina sotto la Quercia Grande, un antico albero dal tronco enorme.

– Sai, Sugar, sono proprio STUFA di tutti questi segreti. Dobbiamo sempre nasconderci, ci tocca fingere perfino con gli amici – stava dicendo Milla. – Ogni tanto penso che vorrei essere una qualunque, e chi se ne importa della magia.

– Non dire così, Milla! Io non vorrei mai essere diversa da quella che sono. Non riesco nemmeno a IMMAGINARLO.

– Ma sì, certo. Però… –. Milla si interruppe e chiese: – Non senti un rumore, una specie di *click click*?

– Sì... lo sento anch'io.

Milla tese l'orecchio. – Viene dal MIO ZAINETTO!

Un affarino con un sacco di zampe spuntò fuori dalla tasca dello zaino e spiccò il volo tenendosi a un palmo da terra. Incredibile ma vero, sul dorso aveva una mini pala rotante simile a quella di un elicottero.

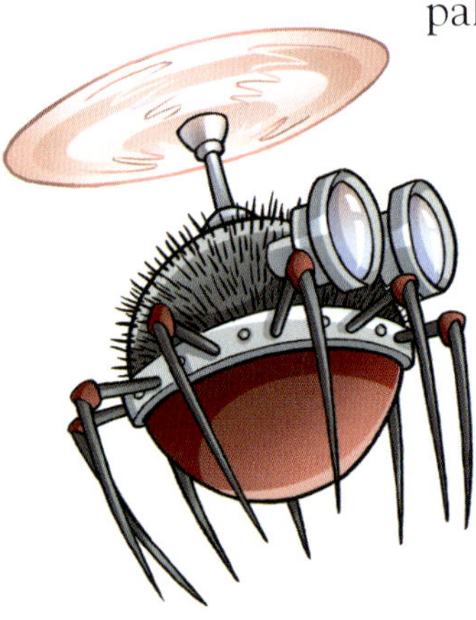

– Cos'è? – gridò Milla. – Non perdiamolo di vista!

Si lanciarono all'inseguimento: quando raggiunsero il vialetto deserto che costeggiava il lago, un'ombra nera le superò con un balzo, afferrando a mezz'aria l'esserino volante e gettandolo a terra. Poi Gummitch ci si sedette sopra con tutto il suo peso e, rivolto alle ragazzine che lo guardavano stupefatte, sbuffò: – Beh? Non avete mai visto un gatto?

– E tu da dove spunti? – riuscì finalmente a dire Milla.

– Ti ho seguita per tutta la sera. Gran bella idea vedersi nel parco di nascosto, col buio. Lo sapete che ore sono?

Milla e Sugar guardarono i propri orologi: accidenti! Avrebbero dovuto essere a casa da un pezzo!

– Vedo che avete afferrato il concetto – disse Gummitch. – Un altro minuto di ritardo non peggiorerà la situazione, perciò diamo un'occhiata alla mia preda –. Si spostò, mostrando un corpicino spiaccicato.

– Oh, l'hai ucciso! – esclamò Sugar inorridita.

– Ma no – disse Milla, chinandosi a guardare. – È fatto di plastica, con dentro dei... dei...

– Microchip – intervenne Gummitch con aria di sufficienza.

– Quindi è una specie di giocattolo – sospirò Sugar, sollevata. – Ma cosa ci faceva nello zainetto di Milla?

– Guardate! Qui c'è una cosa ancora più strana! – esclamò Milla, indicando il tombino lì accanto. Sul coperchio era inciso il numero 501. – Io questo l'ho già visto. Proprio oggi, in un videogioco intitolato: *Il Signore delle fogne*.

– *IL SIGNORE DELLE FOGNE!?* –. Gummitch perse di colpo la sua flemma. – Scappate, bambine, più in fretta che potete!

Ma era già troppo tardi. Il coperchio metallico si aprì e qualcosa traboccò fuori dal tombino: una massa di schiuma giallastra e puzzolente che cresceva e cambiava forma…

Un attimo dopo avevano davanti un enorme, minaccioso pupazzo con una grossa testa e le braccia tese, che strisciava verso di loro con un sordo *BUBBLE BUBBLE BUBBLE*.

– AAAAH! – strillarono le due ragazzine, voltandosi e mettendosi a correre attraverso il prato mentre Gummitch le seguiva a grandi balzi. Il mostro avanzava con rapidità, lasciandosi dietro una scia vischiosa che faceva avvizzire all'istante erba e cespugli. Milla e Sugar correvano a zig zag, terrorizzate e, senza rendersene conto, si spingevano nel folto del grande parco deserto.

Tra poco i guardiani avrebbero chiuso i cancelli… Se almeno avessero avuto il potere di scomparire e trasportarsi altrove, come le loro nonne!

A un tratto, una delle mani del mostro si allungò fino a sfiorare Gummitch.

– MEEEEOOOW! – sentirono Milla e Sugar.

Senza smettere di correre, si voltarono giusto in tempo per vedere il gatto che si arrampicava su un albero a supervelocità.

– BRUCIA! – gridò Gummitch, mettendosi in salvo sul ramo più alto. – Sembra fuoco liquido! Forza voi due, non fermatevi!

Per un attimo, il mostro sembrò incerto sulla preda da inseguire: il gatto o le bambine? Poi scivolò verso Milla e Sugar, che ripresero a correre. Ma erano tutte e due senza fiato e il *BUBBLE BUBBLE* si faceva sempre più vicino, portando con sé un odore spaventoso. Partì un altro tentacolo, che per poco non raggiunse Sugar.

Fu allora che Milla inciampò, finendo a terra. – Mi sono fatta male a una caviglia! – gridò. – Tu vai avanti!

– Neanche per sogno, non ti lascio qui! Appoggiati a me! –. Sugar aiutò l'amica a rialzarsi e una specie di scarica elettrica passò attraverso le loro mani unite, mentre un alone di luce le circondava. Rimasero in piedi una accanto all'altra, tenendosi per mano. La schiuma malefica era vicinissima, ma loro si sentivano forti e sicure. Insieme.

– Che ne dici di un incantesimo? – domandò Milla.

– Sì, proviamoci! – fu la risposta.

– UNO… DUE… TRE! – gridarono, mentre dalle loro mani unite scoccava un lampo di luce.

Un istante dopo, del mostro di schiuma restavano una pozza di liquido giallastro e un'atroce, indefinibile puzza. Tutto intorno solo silenzio, finché Milla non gridò: – Gummitch, dove sei?

– QUI! – rispose il gatto, scendendo dolorante dall'albero. – Malconcio, ma vivo!

– Sei salvo, meno male! – esclamò Sugar.

Alle loro spalle, una voce brusca disse: – Aspettate a essere felici…

E un'altra aggiunse: – …almeno fino a quando avremo fatto quattro chiacchiere.

Milla e Sugar si voltarono e là, in mezzo al vialetto, videro le loro nonne che le guardavano con un'aria per niente amichevole.

13
Povevi tesovi!

Era bastato un piccolo incantesimo di Endora a sistemare la caviglia di Milla e la scottatura di Gummitch, e adesso le due ragazze stavano bevendo una tisana di camomilla e biancospino che avrebbe dovuto farle sentire meglio dopo la brutta avventura. Di sicuro faceva bene, ma quanto al gusto...

– Odio questa roba – disse Milla, posando la tazza mezza piena.

– È meglio che tu la beva tutta – disse severamente il gatto, seduto sul letto. – Agatha è già abbastanza arrabbiata... per non parlare di ME.

– Insomma, quante storie! –

protestò Milla. – Posso sapere che cosa ho fatto di male?
– Che cosa ABBIAMO fatto – intervenne Sugar. – La colpa è più mia che tua, in fin dei conti. Sono stata io a dirti di raggiungermi al parco.

– Ma che colpa e colpa! Le bambine hanno vissuto una TVEMENDA avventuva e adesso devono sentivsi sgvidave da un volgavissimo gvassone! – disse Alberta, dall'alto dello scaffale su cui si era rifugiata. Portava un nastrino rosso intorno al collo e indossava un magnifico gilet rosa ornato da una vistosa A di paillettes.

– Mi è sembrato di sentire una specie di *squick squick*... Ci sono dei topi, qua dentro? – chiese il gatto, guardandosi intorno con aria ironica.

Da quando Alberta era arrivata a casa Elven dentro la borsa di Eglantina, lei e Gummitch non avevano smesso un momento di litigare.

– Senti un po', bvutto... – cominciò Alberta, e Milla la interruppe: – Piantatela, voi due. Non è proprio il momento.

Il gatto e la criceta si scambiarono un'occhia-

ta molto eloquente, e tennero le bocche sigillate.

– Chissà di che cosa staranno parlando, di sotto – disse Sugar. – Speriamo bene…

Al pianterreno, in effetti, era in corso una doppia riunione di famiglia: i Plum e gli Elven al completo, incluse Elvina e la sua bisbetica governante Brianna, che un tempo era stata la bambinaia di Martin.

Milla e Sugar erano state spedite in mansarda insieme a Gummitch e Alberta. Oliver invece aveva preferito guardare i cartoni animati in cucina in compagnia di un enorme panino.

– Non lo sopporto! – disse a un tratto Milla. – Invece di spiegarci che cosa sta succedendo, ci dicono di toglierci dai piedi! BASTA, dobbiamo fare qualcosa.

– GIUSTO! – applaudì Alberta, sporgendosi dallo scaffale. – Ovganizziamo una dimostvazione davanti alla povta del soggiovno, con i cavtelli e tutto! Siamo vagazze gvandi, ma ci tvattano come se avessimo quattvo anni!

– A dire il vero tu ne hai solo due, Alberta – sospirò Sugar. Comunque sono convinta che tra poco ci diranno tutto, vedrete. Non possono tenerci qui in eterno!

– Per adesso, però, ci lasciano qui a friggere – protestò Milla, camminando avanti e indietro per la stanza.

In quel momento la porta si aprì e Oliver entrò con tutta calma.

– Papà dice che adesso potete scendere. Anzi, che DOVETE scendere – annunciò. Poi le guardò con aria pensierosa e aggiunse: – Secondo me avete ottanta probabilità su cento di essere punite, e solo venti di essere STRApunite.

– Ha parlato Mister

Genio – disse Milla, avviandosi verso le scale. – Beata te, Sugar, che sei figlia unica.

Gummitch saltò giù dal letto dicendo: – Vengo anch'io, non voglio perdermi lo spettacolo.

– Il vevo spettacolo comincevà quando ti stvappevò la coda con un movso, mostvo senza cuove! – strillò Alberta, che si era arrampicata sulla spalla di Sugar. – Non pensi a come devono sentivsi questi POVEVI tesovi?

– *Stupid mouse!* – sibilò il gatto. – Tu dov'eri, mentre io rischiavo la pelliccia per difendere i tuoi "poveri tesori"?

Ormai arrivato in fondo alle scale, Gummitch corse in soggiorno e saltò sulle ginocchia di Endora.

Appena entrata nella stanza, Sugar spalancò gli occhi alla vista di Elvina seduta nel suo salotto in miniatura. La casa delle bambole era aperta e si poteva ammirarne l'interno dalla soffitta fino alla cucina, dove Brianna faceva il tè.

Milla, invece, per prima cosa cercò con lo sguardo i suoi genitori, in piedi di fianco al divano, e vedendoli sorridere provò un gran sollievo. Comunque andassero le cose, poteva sempre contare su di loro.

Il divano era occupato da Eglantina, serena e sorridente, e poi da Agatha ed Endora, serie ma tranquille.

– Non sembrano tanto arrabbiate – bisbigliò Sugar.

– Già. Io invece sono furibonda! – rispose Milla in un sussurro. E guardò con aria di sfida le due nonne, che ricambiarono l'occhiata con aria quasi divertita.

– Tua nipote ha un bel caratterino, eh? – osservò Endora. – Proprio come te, vecchio gufo.

– La tua, invece, è così carina che non ti somiglia per niente, brutta salamandra – la rimbeccò Agatha.

– Mamma, Endora... Vogliamo smetterla con i complimenti? – intervenne Martin Elven. – Direi che potremmo cominciare.

– Sì. È ora che le bambine sappiano come stanno le cose – disse la dolce voce di Eglantina.

– Sono d'accordo – aggiunse Valery. – I segreti procurano solo guai, lo dice sempre anche Madame Natasha.

– Allora, visto che siamo tutti d'accordo, sedetevi e state a sentire.

14
Strega più fata

Accarezzando distrattamente Gummitch, Agatha cominciò: – Per prima cosa dobbiamo parlare di quello che avete combinato oggi: andarsene in giro da sole nel parco, col buio! Per fortuna vi abbiamo trovato subito, perché chissà cos'altro poteva uscire da quel tombino.

– Va bene, abbiamo fatto una stupidaggine, – intervenne Sugar, decisa – ma è da stamattina che vediamo e sentiamo cose strane, e volevamo parlarne un po' tra noi. Dopo quello che mi ha detto Madame Oleander…

– Oleander non ha mai saputo tenere la bocca chiusa – disse Endora, seccata. – Il che non toglie che vi siate comportate malissimo. Avete perfino fatto un incantesimo in un posto dove chiunque avrebbe potuto vedervi!

– Ma se il pavco eva desevto! E poi si sono semplicemente difese – borbottò Alberta. – Dovevano fovse lasciavsi bubbleggiave a movte?

Milla, battagliera, aggiunse: – Perché, voi come vi siete comportati? È evidente che state organizzando qualcosa che ci riguarda. E lo fate DI NASCOSTO, alle nostre spalle!

– Le piccole hanno ragione! – disse la voce acuta di Elvina, che fino a poco prima sembrava sonnecchiare. – Dopodomani la loro vita cambierà e voi non vi sognate nemmeno di avvertirle!

Milla quasi non credeva ai suoi occhi, ma era proprio così: le guance di Agatha erano davvero diventate rosse. Poi sua nonna disse: – Beh, forse abbiamo sbagliato tutti. Le bambine sono state incoscienti, mentre io ed Endora siamo state troppo prudenti. Ma volevamo che LUI non si accorgesse di niente.

A questo punto fu Sugar a sbottare: – Ecco, ancora misteri! Perché la nostra vita dovrebbe cambiare, in che modo? E chi accidenti sarebbe questo LUI?

Eglantina inarcò le sopracciglia: – Sugar, mi meraviglio di te! Hai dimenticato le buone maniere?

Prima che la ragazzina potesse rispondere, fu Endora a parlare: – Volete sapere chi è LUI? È un nemico terribilmente malvagio che vuole impadronirsi di Old Town e di tutti i suoi abitanti. Tanto tempo fa lo abbiamo privato dei suoi poteri e rinchiuso nelle fogne, dove ha dormito per anni. Ma adesso è di nuovo sveglio...

Le ragazzine si guardarono, sgomente, poi Milla chiese: – Nelle fogne? Allora è stato lui a inviare quel mostro di schiuma che ci ha assalito?

– Certo – confermò Endora. – Un pupazzo ridicolo.

– Veramente a noi ha fatto una bella paura – disse Sugar, e Gummitch aggiunse: – Per non parlare della mia scottatura.

– Se Dragomir avesse ancora tutti i suoi poteri, vi assicuro che adesso non sareste qui – disse Agatha a voce bassa. – Prima che riuscissimo a sconfiggerlo, ha fatto cose che non voglio nemmeno ricordare.

– Dragomir? È questo il suo nome? – chiese Milla.

– Sì, ma ormai se lo ricordano in pochi. Se penso che un tempo era uno di noi... Un tipo in gamba, vero Endora?

Endora annuì. – Sì, ma poi ha preso una brutta strada: magia nera, incantesimi proibiti, la ricerca del Potere Assoluto. Ed è diventato sempre più pericoloso, per noi e per gli Altri, finché abbiamo dovuto fermarlo: era in gioco la vita della Gente di Old Town.

Nella stanza scese il silenzio, quindi Sugar domandò: – Vuoi dire che siete state voi due a sconfiggerlo?

Agatha rise. – Non da sole, però. È per questo che siamo state scelte –. Alzò una mano per far tacere Milla, che voleva intervenire. – Inutile chiedermi che cosa significa, te lo dico subito. Quando avevamo tredici anni, Endora e io siamo entrate a far parte del Cerchio, il gruppo di fate e di streghe che protegge e guida la Gente di Old Town. Lo so che non ne avete mai sentito parlare, ma solo perché non era ancora il momento giusto, ecco tutto.

– E ora il momento giusto è arrivato? – chiese Milla sottovoce.

– Sì, è così – disse Endora. – Il Cerchio vi ha scelto da quando siete nate, perché a differenza dei vostri padri – e sorrise a Martin, con aria quasi di scusa – possedete i nostri stessi poteri... anzi di più!

– L'ho sempve saputo che il mio tesovo è una bambina SPECIALE! – intervenne Alberta, appollaiata sulla spalla di Sugar.

Gummitch la guardò storto: – Se è per questo, anche la nostra Milla…

– Silenzio! – li minacciò Agatha, poi continuò: – Vi completate a vicenda e insieme farete grandi cose. Proprio come noi due, vero Endora? In tempi normali avremmo aspettato il vostro tredicesimo compleanno, ma adesso che Dragomir si è risvegliato il Cerchio ha bisogno di voi, perciò abbiamo deciso di anticipare la Festa della Scelta. Una decisione presa in gran segreto. Perché, anche se LUI è ancora debole, c'è qualcuno che lo aiuta. Qualcuno che non fa parte della Gente, ma che sembra avere occhi e orecchie dappertutto. E stasera ne avete avuta una dimostrazione.

15
Il Signore delle fogne

Nella grande stanza sotterranea in fondo a un labrinto di gallerie, Dragomir stava facendo una GUSTOSA prima colazione: pane di muschio verde, marmellata di

scarafaggi e una tazza di melma bollente con tanta schiuma.

Ormai riusciva a stare sveglio per ore intere, e aveva bisogno di tenersi su. L'incantesimo di Agatha ed Endora lo tratteneva ancora laggiù, nelle fogne, ma stava perdendo forza. Finalmente era riuscito a svegliarsi dal sonno profondo in cui quelle arpie lo avevano fatto piombare, anche se, a dire il vero, passava ancora gran parte del suo tempo dormendo e a volte si appisolava di colpo a metà di una frase.

Qualcuno dei suoi poteri di un tempo stava tornando, grazie anche alle due minuscole fate dei fiori e a

quel piccolo elfo succulento che Jago aveva catturato.

Aveva "bevuto" la loro magia in un attimo, e adesso… Alzò un dito dall'unghia spessa e ricurva e lo puntò contro Gravalax. Un sottile lampo rosso, qualche scintilla… – AHIII! –. Il maggiordomo strillò, mentre sul fondo dei calzoni malconci appariva una piccola, fumante bruciatura.

Dragomir digrignò rabbiosamente i denti. Un tempo il suo Raggio Rosso poteva incenerire qualsiasi cosa da venti metri di distanza, e perfino dar fuoco a un palazzo. – Beh… sempre meglio che niente – borbottò azzannando un crostino spalmato con gelatina di code di topo. Mmm… MOLTO meglio di quello che mangiava quando viveva in superficie. C'erano anche dei lati buoni nel vivere rinchiuso lì sotto. Per esempio l'ottimo cibo che Gravalax riusciva a procurargli.

– GRAVALAX! – tuonò, e il fedele servitore che anni e anni prima lo aveva seguito nel sottosuolo si inchinò rispettosamente: – Sssì, Vossstra Grazia?

– Chiama Jago, gli devo parlare!

Gravalax accese un monitor e digitò qualcosa sulla consolle. Un attimo dopo la faccia topesca di Jago apparve sullo schermo: era seduto al suo tavolo da lavoro. Davanti a lui erano allineati i neri corpicini metallici degli insetti spia. Peccato che ieri avesse dovuto sacrificarne uno, per attirare quelle odiose bambine verso l'ingresso del regno sotterraneo di Dragomir!

– Bene alzata, Vostra Grazia! – si affrettò a dire quando LUI apparve sullo schermo. – Sono terribilmente spiacente per quello che è successo ieri pomeriggio. Le bambine ci sono sfuggite, e per di più hanno distrutto la vostra creatura...

– Già – ringhiò Dragomir. – Un vero peccato. Mi ci era voluto un sacco di tempo per crearlo. Ma non ha importanza. Abbiamo perso una battaglia, d'accordo, però vinceremo la guerra. Prima o poi riuscirò ad acchiappare quelle due ragazzine e a impadronirmi dei loro poteri. Allora diventerò il padrone di Old Town, e poi di tutta la città, e poi magari di tutto il MONDO!

– Oh sì, sì SÌ! – applaudì Jago. – Tornerete a essere il più forte, Vostra Grazia!

– Adesso basta con le chiacchiere! – lo gelò Dragomir. – Gli insetti sono pronti a partire?

– Prontissimi!

– Voglio che entrino in tutte le case di Old Town, che perlustrino le strade, che ci informino minuto per minuto di quello che fanno Agatha, Endora e le loro nipoti. Chiaro?

– Chiarissimo! E…

– Cosa c'è ancora? – ruggì Dragomir, che stava già per voltare le spalle allo schermo.

– Quando avrò l'onore di essere ammesso di nuovo alla vostra presenza? – chiese umilmente Jago, con gli occhi che brillavano di adorazione.

– Presto, faccia di topo, presto…

Con una spaventosa risata, LUI fece segno a Gravalax di spegnere il monitor, poi andò a sedersi sul suo trono e appoggiò il mento sulla mano, riflettendo. Jago era tremendamente appiccicoso, ma così UTILE!

Quasi non riusciva a credere ai suoi occhi quando se lo era trovato davanti all'improvviso, mesi prima. Un casco con tanto di lampadina sulla testa e uno zaino pieno di strani aggeggi, l'ometto aveva aperto il tombino 501 e si era calato giù, come faceva spesso: perlustrare le fogne era il suo passatempo preferito, come per altri correre nel parco o andare in piscina. L'incontro imprevisto con Dragomir, a quanto pareva, aveva cambiato la sua vita.

Jago conosceva tutti i segreti della tecnologia, e si stava dimostrando un servitore entusiasta e capace. Ma ci voleva ben altro che l'elettronica, per rompere l'incantesimo che costringeva Dragomir a restare nelle fogne. E quelle due bambine avevano in corpo abbastanza magia da poterlo cancellare! Batté il pugno sul bracciolo del trono ed esclamò: – Non devo fare altro che catturarle, e poi la mia vendetta sarà comp… *zzzZZZ! Gronf!*

Come capitava spesso, LUI si era addormentato di colpo e russava come una locomotiva.

16
Uguali e diversi

– Siete pronti? Martin, Valery, Milla, che aspettate a scendere? – gridò Agatha Elven dall'ingresso.

La vecchia signora aveva un aspetto davvero elegante nel suo tailleur a fiori, accompagnato da un grande cappello viola tempestato di pietre luccicanti come un cielo stellato.

– Solo un momento, arriviamo! – rispose la voce di Martin in cima alle scale.

Lui e Valery erano pronti da un pezzo, mentre Milla non aveva ancora indossato il magnifico abito a fiori confezionato da Eglantina. In piedi in mezzo alla stanza, in jeans e maglietta con su scritto DO NOT DISTURB, scuoteva la testa e diceva: – Io non ci vengo. Non ci voglio venire.

– Tesoro, ma ci aspettano, è la Festa tua e di Sugar, un momento COSÌ importante per voi due! – cercava di convincerla Valery.

– Nessuno ha chiesto il nostro parere. E se io non volessi essere scelta? Se volessi continuare a vivere nel solito modo, eh?

Accorgendosi che la figlia aveva gli occhi lucidi, Martin Elven si sedette sul letto senza preoccuparsi di sgualcire l'ampio mantello che lo avvolgeva, e prese Milla sulle ginocchia come quando era piccola. Poi disse: – Tutto sarà come sempre, credimi. Solo che imparerai a usare il tuo dono nel modo migliore. E lo farai insieme a Sugar. Ti dispiace tanto vederla più spesso?

– Beh, no... Ma non so se ho voglia di fare tutte quelle cose che ha detto la nonna... Sai, stare attente a LUI, proteggere Old Town... Non siamo mica dei supereroi! Io voglio solo essere una bambina come tutte le altre, ecco...

Martin si aggiustò gli occhiali sul naso e sospirò: – Lo so, tesoro, ci sono passato anch'io. E non avevo nemmeno l'ombra dei tuoi poteri… Vedi, da piccoli tutti sognano di essere UGUALI agli altri, è normale. Poi, però, si comincia a capire quanto sia importante essere DIVERSI uno dall'altro. E questo si chiama "crescere".

Valery Elven, elegantissima con un lungo abito dalle maniche a sbuffo, disse: – Papà ha ragione, Milla. Crescere è una cosa di cui non si può fare a meno. Lo dice anche…

– MADAME NATASHA! – conclusero in coro Martin e Milla, e tutti e tre scoppiarono a ridere.

– Sono felice che vi divertiate, ma se non ci sbrighiamo a scendere Agatha avrà una crisi isterica e ci ritroveremo tutti trasformati in zucche – osservò Gummitch, seduto sulla scrivania. Aveva il pelo ben spazzolato e portava un collarino con i colori della bandiera inglese.

– Milla, sbrigati! – disse Valery. – È davvero tardi!

Sua figlia saltò in piedi, schioccò le dita… ed eccola vestita di tutto punto.

– Oh, sei bellissima! – sospirò Martin, e anche Gummitch approvò con un: – *Lovely!*

CONCERT

– Manca qualcosa, però… – osservò Valery con aria critica. Provò anche lei a schioccare le dita, e una coroncina di foglie d'edera si posò sui capelli di Milla.

– Mamma! Ma come ci sei riuscita? – chiese la figlia, guardandola a bocca aperta. I poteri magici di Valery erano quasi inesistenti, lo sapevano tutti.

– Beh, in fondo sono la settima figlia di una settima figlia, e a forza di vivere in una famiglia come questa un po' di magia mi è rimasta appiccicata alle dita – disse Valery, soddisfatta.

– Allora, che cosa stiamo aspettando? – intervenne la voce irritata di Agatha. Ferma sulla soglia della stanza, portava al braccio un cestino imbottito. Dentro c'era Elvina, tutta vestita di rosso.

– Visto che non vi degnate di scendere, sono salita io. Allora, ci siamo tutti? – domandò, entrando nella stanza.

– Tutti tranne me –. Alle sue spalle apparve Oliver,

in pigiama e con un'aria piuttosto offesa. – Perché solo io devo restare a casa con Brianna? Vi sembra giusto?

– Perché sei ancora troppo piccolo, amore mio, lo sai! – tubò Valery.

– E lei? È molto più piccola di me, eppure la portate! – protestò il bambino, indicando Elvina.

– Già, ma i tredici anni li ho compiuti da un bel po' – intervenne la bisnonna. – Su, Oliver, vai a letto, Brianna ti racconterà una fiaba della buonanotte.

– L'ultima volta mi ha raccontato quella di Hansel e Gretel che bruciavano la strega e non ho dormito per una settimana – fece notare lui, avviandosi rassegnato verso la sua stanza.

– INSOMMA! – gli occhi di Agatha cominciavano a mandare lampi. – Vogliamo andare? Forza, venite qui.

La famiglia le si radunò intorno, una spirale luminosa li avvolse... e un istante dopo gli Elven erano spariti.

17
Una ciliegia tira l'altra

Sugar aveva appena indossato il suo vestito, fatto di petali in tutte le possibili sfumature del rosa, che sarebbero rimasti magicamente freschi e intatti per l'intera serata. Ai piedi portava un paio di scarpette scintillanti e i capelli, raccolti da un cerchietto di roselline rosa, ricadevano sulle spalle.

– Sei davvero bella, lo sai? – disse Eglantina.

– Non quanto te, mamma – rispose Sugar con un sorriso.

Sua madre era addirittura sfolgorante in un lungo abito candido, e aveva una grande orchidea bianca appuntata sui capelli neri.

In piedi una accanto all'altra, si guardarono nel grande specchio della stanza da letto di Eglantina e

annuirono soddisfatte. Ma a un tratto Sugar si accorse che negli occhi di sua madre si era affacciata un'ombra, la stessa che qualche volta compariva nei suoi quando, prima di addormentarsi, pensava alla lunga, lunghissima assenza di suo padre.

– Quanto vorrei che Dan potesse vederti! – disse Eglantina con un sospiro, guardando la foto di suo marito sul comodino: una faccia abbronzata e sorridente sotto un cappellaccio alla Indiana Jones, sullo sfondo di una giungla tropicale.

– Lo vorrei anch'io – sospirò Sugar.

– Un giorno o l'altro lo troveremo, ne sono certa – mormorò Eglantina.

Poi, vedendo l'espressione di sua figlia, cercò di sorridere e aggiunse: – Su, niente malinconie. Questa è la tua serata, Sugar. Tua e di Milla.

– Sì, lo so. Speriamo che vada tutto bene: pensa che orrore, se inciampassi nell'orlo del vestito o perdessi l'equilibrio facendo l'inchino.

– Non succederà – la rassicurò sua madre. – In fin dei conti avete fatto le prove per tutto il pomeriggio, tu e Milla.

– Già, anche se lei non sembrava così contenta.

Anch'io sono un po' preoccupata... Ci è toccata una bella responsabilità. E se non fossimo abbastanza in gamba?

– Io e tua nonna pensiamo che lo siate, altrimenti il Cerchio non vi...

– AAAAAAH! –. Un grido acutissimo la interruppe e una palla di pelo biondo platino piombò nella stanza. Era Alberta, che stringeva qualcosa in una zampa e strillava: – Vovinato! Il mio cappello nuovo è completamente VOVINATO!

Mostrò un minuscolo cappellino di velluto ornato da

due lucide ciliegie rosse, una delle quali era segnata da un profondo morso che aveva portato via un bel po' di polpa.

Eglantina osservò il cappello, poi chiese con un sorriso: – Ma come è successo? Tu ne sai qualcosa, Alberta?

– Assolutamente no. Cioè… Fovse… Oh, va bene, sono stata io. Non ho vesistito e ne ho assaggiata una, ecco. Ma la colpa è TUA: lo sai benissimo che adovo le ciliegie.

– Già, avrei dovuto pensarci quando ho creato il tuo cappello – disse Eglantina sfiorandolo con l'indice. Ci fu uno sbuffo luminoso, e: – Che ne dici di questo, allora?

Le ciliegie vere erano diventate di stoffa, coperte di lustrini rossi.

– PEVFETTO! – gridò la criceta, afferrando il cappello e arrampicandosi sulla toilette per provarlo davanti allo specchio. – Che ve ne pave? – chiese poi.

– Io ci avrei messo un paio di patate novelle, al posto delle ciliegie. Sono ottime con i criceti arrosto – disse la voce di Endora, che un secondo dopo si materializzò nella stanza. Portava un sontuoso vestito di velluto blu pavone, un cappellino e scarpe in tinta con i tacchi alti.

– Cannibale! Salvatemi da questa ovvibile donna! –

gridò Alberta. Eglantina la prese con delicatezza e la sistemò nella borsettina di seta bianca che le pendeva dalla cintura.

Senza badare minimamente agli strilli della criceta, Endora annunciò:

– Sono andata a fare un giretto all'*Accademia delle Fate*, per vedere come vanno le cose. A parte lo SPAVENTOSO vestito arancione a frange di Oleander, direi che è tutto a posto: fiori dovunque, l'Orchestra degli Elfi al completo, un magnifico buffet... E quasi tutti gli invitati sono già lì.

– Allora è tempo di muoverci. L'appuntamento con gli Elven è davanti alla Porta Magica, vero?

– Sì, e se penso che oggi mia nipote oltrepasserà quella soglia per la prima volta... –. Endora aveva gli occhi lucidi. – Bene, ragazze mie, andiamo!

Le tre fate si presero per mano e sparirono in una nuvola di luce.

18
La Porta Magica

Sul retro dell'*Accademia delle Fate* c'era un vecchio giardino chiuso da un altissimo muro coperto d'edera che nessuno sarebbe mai riuscito a scalare. Era lì che si trovavano ora i Plum e gli Elven, riuniti davanti a una grande porta incastonata nel muro dell'edificio e rischiarata da un piccolo lampione.

La porta era murata e sorvegliata da leoni di pietra a grandezza naturale. Intorno regnava un silenzio così profondo che Milla non poté fare a meno di chiedere in un sussurro: – E adesso che cosa succede? Dove sono tutti quanti?

In quello stesso istante qualcuno si precipitò fuori, passando attraverso la cortina di mattoni e rimbalzando come una palla da tennis. Era un ometto panciuto in

frac bianco, che disse ansioso: – Eccovi finalmente! Non vogliamo cominciare IN RITARDO, vero?

– Salve Herbert, noi stiamo bene, grazie. E tu? –. Agatha lo fulminò con un'occhiata.

– Mica tanto! – esclamò lui, rimbalzando di nuovo. – Alle Feste si divertono tutti, tranne il Maestro di Cerimonia. E adesso… Prima le nonne! Sapete cosa dovete fare, no?

– Ne abbiamo una vaga idea – rispose Endora, ironica, e prima di svanire attraverso la porta insieme ad Agatha suggerì: – Prenditi una camomilla, Herbie!

– Veramente mi fa venire il singhiozzo – disse il grasso folletto, rimbalzando di nuovo. – Ora tocca ai genitori… Andate a prendere posto! No! Gatto e criceta restano qui – aggiunse, acchiappando Alberta per la collottola e consegnandola a Sugar.

– Maleducato! Così mi spettini la pelliccia! – sibilò lei.

Eglantina, Valery e Martin, che portava il cesto con dentro Elvina, fecero un sorriso di incoraggiamento alle ragazzine e oltrepassarono la porta murata.

– Bene, è il momento delle festeggiate! –. Un altro rimbalzo fece svolazzare le code del frac.

Sugar e Milla guardarono Herbert a bocca aperta. Lo conoscevano da sempre (lavorava nella migliore gelateria di Old Town) ma non l'avevano mai visto rimbalzare in quel modo.

– Chiudete la bocca o i vostri denti prenderanno freddo – disse il folletto. – E adesso state a sentire: entrerete insieme, ciascuna con la sua bestiola…

– Nessuno mi ha mai chiamato BESTIOLA! – ululò Gummitch.

– ...e vedrete che tutto andrà benissimo – continuò il folletto senza fargli minimamente caso. – Coraggio, tocca a voi!

Tenendosi per mano, Milla e Sugar fecero un passo avanti, oltre la soglia della Porta Magica, e... all'improvviso si ritrovarono in un'oscurità assoluta, senza il minimo bagliore, senza un riflesso. Per un lungo istante si sentirono morire di paura e Sugar sussurrò, stringendo forte la mano di Milla: – Non vedo più niente! E tu?

– Nientissimo! – fu la risposta, appena bisbigliata. – Perché è tutto così BUIO?

– Ehilà! C'è qualcuno? – disse debolmente Alberta. – I miei povevi nevvi stanno pev cedeve!

– Adesso che facciamo? – chiese di nuovo Milla, sottovoce. – Non ce l'avevano mica detto che sarebbe andata così.

– Non so… aspettiamo – disse Sugar. – Dovrà pur succedere qualcosa.

Un attimo di silenzio… E poi ecco una voce solenne, che sembrava vagamente familiare.

– Vi abbiamo chiamato e siete venute. Sapete perché siete qui?

– Perché il Cerchio ci ha scelte! – si affrettarono a rispondere Milla e Sugar, sollevate. Finalmente una domanda di cui conoscevano la risposta.

– BENE! Siete pronte a unirvi a noi, a rispettare le Regole tramandate dal Libro Rosso del Cerchio, a imparare l'antica Saggezza, a proteggere la Gente di Old Town perché viva in pace con se stessa e con gli Altri? – chiese nuovamente la voce, facendo vibrare l'aria intorno a loro.

– Certo che siamo pronte! – esclamarono in coro le ragazze.

A quel punto Gummitch gridò: – Guardate là!

Nel buio si stavano accendendo migliaia di scintille che si muovevano rapidissime verso l'alto e si univano per formare qualcosa: una B! Poi una E e una N... Lettera dopo lettera, apparve una gigantesca scritta luminosa: BENVENUTE TRA NOI. Infine le parole si sciolsero in una pioggia luccicante e il salone si illuminò a giorno, mentre mille voci diverse gridavano: – Benvenute, benvenute!

Le due ragazzine si guardarono intorno, stordite, mentre Alberta ne approfittava per portarsi una zampa alla fronte e gemere: – Oh, che emozione! Mi sento quasi svenive!

Né Sugar né Milla le diedero retta: erano troppo occupate a osservare chi avevano di fronte: la signora Maeve, la rubiconda fata della pasticceria *Soltanto Dolci* (la voce che le aveva interrogate apparteneva a lei!) con un vestito a volant che la faceva assomigliare a una gigantesca peonia, e poi Agatha, Endora, Madame

Oleander (in effetti il suo abito arancione era proprio spaventoso, sembrava un paralume), più tre ragazze che Milla e Sugar conoscevano solo di vista. Il Cerchio, quattro streghe e tre fate sagge e potenti, alle quali rivolgersi per ricevere consiglio e chiedere aiuto.

Intorno c'era tutta la Gente di Old Town, ma diversa da come la vedevano ogni giorno: gli elfi mettevano in mostra le loro ali trasparenti; nani e gnomi indossavano i costumi tradizionali; certe fate sembravano vestite di luce, altre di fiori e foglie, e molte streghe indossavano abiti simili a quelli delle loro antenate, completati da alti cappelli. Tra la folla spuntavano facce familiari: Jimmy Bogle con la giacca marrone e i calzoni alla zuava tipici dei Lavastira; la maestra Ellebora che singhiozzava «Oh cielo cielo cielo!»; Akiko, la fata del ristorante giapponese, che scattava fotografie; April, l'elfa dell'erboristeria.

Tutti si inchinarono davanti a Milla e Sugar, che risposero con un altro inchino. Poi l'Orchestra degli Elfi, sistemata su una pedana, attaccò a suonare ed Herbert gridò, rimbalzando freneticamente: – Avanti, formate le coppie per la quadriglia delle Fate! Le festeggiate per prime!

– Io veramente ho di meglio da fare – disse una voce dall'accento inglese, e Gummitch si avviò con decisione verso il lungo tavolo dei rinfreschi. Ma qualcun altro aveva avuto la stessa idea, visto che Alberta stava arrampicandosi rapidissima sulla tovaglia. Si ritrovarono tutti e due davanti a una torta a tre strati e si guardarono furibondi.

– È mia! Toccala e sei movto! – squittì Alberta, e Gummitch rispose con una specie di ringhio: – Allunga una zampa e ti distruggo!

La torta, però, sembrava avere dei programmi tutti suoi, perché a un tratto spiccò il volo e si diresse verso un tavolino al quale erano sedute Agatha ed Endora. Davanti a loro c'era il cesto di Elvina, e fu accanto a esso che il dolce andò a posarsi.

– A volte è dura vivere in una famiglia così – osservò tetro Gummitch.

– A chi lo dici! Pev fovtuna ci sono soddisfazioni che ci vipagano di tutto! – rispose Alberta indicando Milla e Sugar che piroettavano obbedendo ai comandi di Herbert, che guidava la quadriglia.

– Già, sembra che non abbiano mai fatto altro in vita loro. Questo è un giorno felice, ma non sarà sempre così, con LUI in agguato – si rabbuiò Gummitch.

– Oh, non fave il gatto del malauguvio! Le nostve bambine sono in gamba, e poi ci siamo noi a pvoteggevle, no? Ova che sono entvate nel Cevchio, a Old Town ne vedvemo delle belle! – disse Alberta, combattiva.

Gummitch la guardò, quasi ammirato: aveva fegato, la piccola! Poi disse: – Ne sono più che sicuro! E adesso che cosa ne diresti di un paio di uova ripiene?

19
Nel profondo della notte

A Old Town era notte fonda, quel momento di assoluto silenzio e di perfetta immobilità in cui una città è davvero vuota e nessuno la attraversa, se non un gatto in caccia o topi in fuga. Oltre la Porta Magica, le risate e la musica si erano spente da un pezzo…

Rigirandosi nel suo letto, Milla Elven pensava: «È stato tutto così FANTASTICO! Fino a stasera ero una streghetta che faceva qualche piccolo incantesimo di tanto in tanto. Adesso, invece, sono una strega quasi adulta che deve imparare a proteggere Old Town. Ce la farò? Sì, DEVO farcela. E poi non sono sola, ci sarà sempre Sugar con me. Peccato non poter dire niente a Chris…». E finalmente le si chiusero gli occhi.

Nemmeno Agatha riusciva a dormire: pensava a Dragomir. Chissà quanto gli sarebbe piaciuto, adesso che era sveglio, rovinare la Festa delle bambine. Incredibile ma vero, da piccoli avevano giocato insieme! Alle elementari Dragomir aveva rapito Carlotta, la sua bambola preferita, e poi aveva chiesto il riscatto. Agatha non gliel'aveva mai perdonato, tanto più che l'adorata Carlotta non era mai ricomparsa…

Gummitch, che dormiva sul letto di Milla, si lasciò sfuggire un lieve BURP: alla Festa si era sbafato dodici

uova ripiene e ventidue meringhe con panna. Adesso stava sognando il pasticcio di tonno su cui non era riuscito a mettere le zampe…

Martin e Valery Elven dormivano profondamente e, come sempre, lei si era presa tutte le coperte. Così Martin sognava di ballare a piedi nudi in mezzo alla neve mentre Valery, avvolta nel piumino, danzava in sogno su una spiaggia tropicale. Caldo o freddo, comunque l'importante era ballare insieme, come avevano fatto quella sera alla Festa.

Oliver, invece, rabbrividiva nel suo lettino. Brianna gli aveva raccontato la vera storia di Cappuccetto Rosso, quella in cui la nonna e la bambina vengono digerite dal lupo, e lui temeva che non sarebbe riuscito a dormire mai più. Tutto perché, invece di portarlo alla Festa, lo avevano lasciato in balìa di una gnoma con la mania dei serial killer.

Nella sua casa delle bambole, Elvina dormiva il sonno leggero delle persone molto, molto vecchie. La Festa l'aveva stancata moltissimo, e ora sognava il momento in cui sarebbe diventata così piccola da entrare in un mondo invisibile all'occhio umano.

Sotto la trapunta a fiori, Sugar Plum pensava: «La Festa è stata davvero stupenda. Peccato solo che il cappellino di Alberta si sia rovinato quando è caduta nel recipiente della zuppa inglese. Per fortuna Gummitch è stato così gentile da ripescarla... credo che prima o poi quei due faranno amicizia. Forse. Milla e io, invece, amiche lo siamo già. E questo mi sembra perfino più importante che entrare nel Cerchio».

Dentro il suo castello di legno, Alberta sognava di essere una principessa caduta in una palude di crema pasticcera. Ma un eroico cavaliere in armatura correva a salvarla, e poi... Ovvove! Sotto la celata dell'elmo c'era Gummitch!

In piedi vicino alla finestra della sua camera, Eglantina guardava la luna piena e le chiedeva: «L'hai visto? Dov'è il mio Jules?». Se suo marito avesse potuto vedere con che grazia si era comportata Sugar alla Festa!

Nella stanza accanto, Endora spense la lampada sul comodino pensando che sì, alla Festa era andato tutto liscio, ma i veri problemi cominciavano adesso. Perché Dragomir aveva degli alleati. Uno era quel piccolo verme di Jago, ma lei era sicura che ce ne fossero degli altri.

Il naso a punta di Jago, intanto, fremeva nel sonno. L'ometto sognava se stesso che, insieme a un esercito di scarafaggi robot, penetrava nell'*Accademia delle Fate* proprio nel bel mezzo della Festa. E una volta catturate e legate come salami le due bambine, LUI avrebbe "bevuto" i loro poteri per tornare quello di un tempo…

Furibondo, Dragomir pensava che a quell'ora la Festa doveva essere finita e che le due disgustose bambine erano ormai entrate a far parte del Cerchio. Aaargh! Streghe e fate piene di buoni sentimenti e di ottime intenzioni, patetiche creature che non sapevano approfittare dei loro poteri! Ci avrebbe pensato lui a rimetterle in riga, non appena fosse ridiventato se stesso! Si

accomodò meglio nel suo letto nascosto da pesanti tende nere e sprofondò in un sonno nero come la pece.

Tra non molto una luce grigia, poi azzurrina e poi rosa, avrebbe rischiarato i tetti di Old Town. L'alba non era lontana. Solo un pipistrello sfrecciava rapidissimo sui tetti, in cerca di cibo… o forse di tutti i sogni e i pensieri che salivano verso il cielo buio.

La pagina di Milla

Credevate anche voi che le streghe fossero tutte col naso a becco, i capelli arruffati, vestite sempre di nero? Beh, non è vero, parola mia!

Esistono streghe di tutti i tipi: belle, brutte, giovani, vecchie, eleganti (nonna Agatha) oppure no (io).

E nemmeno sono tutte cattive, anzi. Anche se può capitare che, in un momento di nervosismo, qualcuno si ritrovi trasformato in cornacchia...

Una strega potente come mia nonna, per esempio, può:

- **volare.** E senza bisogno di salire a cavalcioni di una scopa, un ramo o un gatto nero, come dice la tradizione
- **trasformare le persone in oggetti o animali**
- **cambiare aspetto e far cambiare il tempo**
- **vedere il futuro o il passato** in uno specchio, una sfera di cristallo o nelle foglie di tè
- **spostare gli oggetti** senza toccarli
- **preparare filtri e unguenti magici**

Immagino che a questo punto vi chiederete perché non usi la magia per ottenere tutto ciò che voglio. Semplice: non si può! La prima regola della Gente proibisce di usare i nostri poteri per ottenere vantaggi personali, ricchezza, potere e cose così. Ma adesso basta, ho chiacchierato abbastanza. Ci vediamo alla prossima avventura!

La pagina di Sugar

Ah, sì? Le fate sarebbero tutte belle e giovani, con la bacchetta magica e un carattere d'oro? Figuriamoci! Basta conoscere mia nonna Endora per capire che non è vero (la bacchetta, poi, è passata di moda da secoli).
In realtà esistono tantissimi tipi di fate. Alcune, come quelle dei fiori, sono minuscole, con ali trasparenti e luminose come lucciole. Le fate scozzesi invece hanno i piedi caprini o la coda!
Quanto al carattere, molte sono capricciose e permalose.
Altre sono generose, gentili, creatrici di abiti meravigliosi e amanti della musica e della danza.
I nostri fiori preferiti? Primule, campanule e biancospino.
Io non ho ancora grandi poteri, ma mia nonna dice che presto sarò potente come lei, cioè capace di:

- **cambiare aspetto e dimensione**
- **creare oggetti dal nulla**
- **volare, apparire e scomparire**
- **regalare bellezza, fortuna e felicità**
- **fermare il tempo**

Mica male, vero? Ma non crediate che una fata abbia vita facile. Per esempio, non possiamo mai dire chi siamo veramente, e guai a farci sorprendere nel bel mezzo di un incantesimo. Se gli Altri scoprissero che la magia esiste sul serio, non ci lascerebbero più in pace!

La pagina di Gummitch e Alberta

Avete idea di quanto sia faticoso essere il gatto di una strega? Ve lo spiego io: bisogna recapitare messaggi segreti, vivere con occhi e orecchie spalancati a caccia di notizie... e molto, molto di più.
Senza di me, chi aiuterebbe Elvina e Agatha a sapere tutto di tutti? Chi spiegherebbe la teoria della relatività a Oliver? Chi "salverebbe" i file di Valery quando spegne per sbaglio il computer? Chi aiuterebbe Martin a decifrare i suoi amati manoscritti? E, soprattutto, chi si prenderebbe la briga di tirare fuori dai guai certe streghette e le loro amiche fate? Ma un vero professionista è pronto a tutto! In cambio di una porzione extra-large di lasagne al forno, ovviamente!

Adovo questo libvo! Che idea stupenda ha avuto la cava Pvunella vaccontando le MIE stvaovdinavie avventuve!
Un famoso vegista potvebbe innamovavsi del pevsonaggio pvincipale (cioè IO) e favne un film. Le bambine savebbevo felicissime di favmi da spalla, mentve Endova potvebbe intevpvetave il classico *Ovvove Venuto da Altvove*. E Gummitch, quella specie di ciccione peloso, savebbe l'innamovato vespinto che si avvuola nella Legione Stvanieva. Hollywood, aspettami!

Indice

Ecco le altre avventure di Milla & Sugar:

1. Strega più fata
2. Una fata su un milione
3. C'è chi nasce strega
4. La Dama d'Argento
5. La Casa delle Sirene
6. L'ora degli incantesimi
7. La Principessa Luna Blu
8. Il Cacciatore di streghe
9. La sposa vampira
10. Strega per un giorno
11. Il Giardino degli Elfi
12. L'ultimo principe

minerali
Gemme
SUGAR